砂漠の国の最恐姫
アラビアン後宮の仮寵姫と眠れぬ冷徹皇子

秦朱音　Akane Hata

アルファポリス文庫

https://www.alphapolis.co.jp/

登場人物紹介

【今　世】

リズワナ・ハイヤート
豪商の末娘。前世のアディラ・シュルバジーとしての記憶を持っている。

アーキル・アル＝ラシード
不眠の呪いに苦しむアザリムの皇子。戦場での非情な振る舞いから、冷徹皇子と呼ばれる。

ルサード
リズワナが飼っている白猫。月を見ると白獅子の姿に変わる。

カシム・タッバール
アーキルの従者。右胸に獅子の痣がある。

ファイルーズ
ナセルの王女で、アーキルの第一妃。

【前　世】

アディラ・シュルバジー
アザルヤード皇帝に仕える女戦士。リズワナの前世。

ナジル・サーダ
アザルヤードの第三宰相。アディラと共に皇帝に忠誠を誓った文官。

イシャーク・アザルヤード
アザルヤード帝国の皇帝。

ファティマ皇妃
イシャークの妃。

第一章　私はランプの魔人ではありません！

「お父様！　今夜バラシュにいらっしゃるのが、皇子様御一行だっていうのは本当ですか？」

いつにもまして高く弾んだザフラお姉様の声が、窓の外から響いてくる。一体なんの騒ぎだろうかと、私は二階にある私の部屋の窓の側で様子をうかがった。

「……ザフラ！　そんな大声で言うものではない！　誰かに話を聞かれて、皇子様が命を狙われでもしたらどうする気だ！」

「えっ、でもぉ」

お父様に叱られたお姉様は、下を向いてもぞもぞとドレスの裾を揺らした。

聞けば、皇子が都からわざわざここ辺境バラシュの街まで、狩りをするためにやってくるそうだ。御一行は、バラシュから隣国ナセルに繋がる砂漠の手前に天幕を張り、しばらく滞在するらしい。

何もない灼熱《しゃくねつ》の砂漠で、皇子たちは一体何を狩るというのだろう。

不思議に思いながら、私は膝の上に寝そべった愛猫ルサードの背中を撫でた。

「我がハイヤート家は皇子様のお世話を仰《おお》せつかっている。街の者には彼らが皇族であることを絶対に知られるな。ザフラ、お前が御一行のお世話をするんだ。皇子様に見初《みそ》められでもしたら、これほどの幸運はないぞ」

「本当ですね、お父様！　私、皇子様に見初《みそ》められるように頑張ります！」

誰かに話を聞かれることを心配していたはずなのに、お父様とザフラお姉様はやけに大声だ。私は呆れて窓辺に頬杖をついた。

「ザフラお姉様ったら、大声を出すなと言われたばかりなのに。それに、相手が皇子様だとしても、見ず知らずの方の妻になって幸せになれると思ってるのかしら？」

ついつい漏れた私の心の声に返事をするように、膝の上のルサードが「にゃあ」と鳴いた。

私――リズワナ・ハイヤートは、砂漠の国アザリムの商人の末娘だ。

父は隣国ナセルとの交易で財を成したいわゆる成金で、アザリムとナセル両国の王族からも名を知られるほどの豪商。

この国の慣習に従って四人の妻を娶《めと》り、私はその四人目の妻の子として生まれた。

しかし、理由《わけ》あって、私は腹違いの姉たちからひどく嫌われている。

少しでも姉たちに近寄ると獣《けもの》を見るかのような目で蔑《さげす》まれるので、いつしか私は自分の部屋に引きこもってひっそりと暮らすようになった。

姉たちと顔さえ合わせなければ割と平和に暮らせるし、山ほどの財産を持つ我がハイヤート家では、何もせずに引きこもっていてもお金に不自由することはない。

時折、お母様が今も生きていてくれたら……と思うことはあるけれど、姉たちとの面倒ないざこざに巻きこまれるよりは、引きこもり生活のほうがずっといい。

幸い、私には愛猫のルサードという友人もいるから、日々退屈することはないのだ。

ここアザリムは剣の国、隣国ナセルは魔法の国と言われている。

アザリムの中でも砂漠に近いこのバラシュの街はナセルとの交易で成り立っていて、毎朝街中で開かれている市場《バザール》には、ナセルから取り寄せた珍しい魔道具がいつも所狭しと並ぶ。

実はこの魔道具の大半は、父がナセル商人から仕入れているものだ。

儲《もう》けることしか頭にない根っからの商人である父は、ナセルの隊商《キャラバン》との商談の場に、必ずと言っていいほど私を同席させる。

何を隠そうこの私、面紗《めんしゃ》の下の素顔を見た者が口を揃えて、「まるで神話の女神ハワリーンの生まれ変わりのように美しい」と大騒ぎするほどの美女なのである。

絹のような滑らかな肌に、宝石のごとく輝く瞳。

すらっと伸びた腕は、ランプさえ持てないのではと心配されるほど細く、華奢《きゃしゃ》な体つきは世の男性の庇護欲を刺激するらしい。

そんな私の容姿を一目見ただけで、父の取引先であるナセルの商人たちは目を輝かせて骨抜きになる。こちらが何も言わなくたって、次々と父に有利な条件を提示してくれるというわけだ。

もちろん、タダではない。

父に有利な取引条件を提示する代わりに、私を妻に迎えたいと申し出てくるナセル商人も少なくなかった。

しかし商売に役立つ駒である私を、父が易々と手放すわけがない。商売上どうしても断れない縁談には、私ではなく姉たちを嫁がせていった。

まるで生贄《いけにえ》のように嫁がされる姉たちが私を恨んでいびり倒すのも、仕方のない話だ。

これが砂漠の国アザリムの端っこに暮らす、私――リズワナ・ハイヤートの日常。

でも、皆が考えていることと、真実はちょっと違う。

本当の私は、決して女神ハワリーンの生まれ変わりなどではない。

実は私の頭の中には、前世の記憶が残っている。

私の前世は数百年前、アザリムがまだアザルヤードと呼ばれていた昔に、この地で生きた一人の女性。史上最恐と言われる、女戦士アディラ・シュルバジーなのだ。

（まさか、華奢《きゃしゃ》で繊細なこの私が、歴史に名を残すあの最恐女戦士の生まれ変わりなんて……誰も想像できないだろうけど）

ルサードの背中を撫でる私の手は細くて白くて、傷一つ付いていない。アディラとして生きていた頃には考えられなかったほど、綺麗な手だ。

前世の私アディラは、女戦士として大陸中の戦地を回り、隣国との激しい戦いに身を投じていた。

すべては祖国を守るため、主君である皇帝陛下を守るため。

そして、愛した人を守るため。

戦いが終わっていつか平和な世が訪れたら、ずっと想いを寄せていた相手に自分の気持ちを告げるつもりでいた。

前世の私が愛した相手《ひと》の名は、ナジル・サーダといった。

武官の私とは正反対の穏やかな彼は、若くして国の宰相を務める逸材だった。私と彼は主君であるイシャーク・アザルヤード皇帝陛下に忠誠を誓い、イシャーク陛下を守るために共に奮闘した。

私は戦地で、ナジルは都で。離れた場所にいても、お互いを信頼し、それぞれの守るべきものを命がけで守る。それが私とナジルの間の約束。

いつしかその約束は私たち二人の絆となり、そして私の心の中では、その絆は愛情に変わっていった。

しかしナジルのほうは、私と同じようには想ってくれなかったようだ。

すべての戦いが終わってアザルヤードの都に戻った私を待っていたのは、ナジルが別の女性と結婚する、という報せだった。

ナジルは、それが私にとって残酷な言葉になるとも知らず、幸せそうな顔で言った。

『ずっと愛していた人が、やっと私の妻になってくれるんだ』と。

聞けば彼の結婚相手の女性は、優しくて穏やかで、守ってあげたくなるような儚《はかな》げな女性。戦いでボロボロになった傷だらけの私の、対極にいるような人だった。

私は自分の恋心を抑えつけ、最愛の相手の幸せを祝福した。

でも、心は苦しかった。

『もしも生まれ変わってまたあなたに出会えたら、来世こそあなたの妻になりたい――』

戦勝を祝う船上の宴で海を見ながら一人、そう呟いたところまでは覚えている。

しかし、私のアディラ・シュルバジーとしての記憶は、それが最後だ。

前世の私がその後どんな人生を送ったのか、どんな風に死を迎えたのか。今の私はもう覚えていない。

ただ、もう一度生まれ変わったら今度こそ、愛する人と結ばれたい――そう強く願ったアディラとしての気持ちだけは、今の私の心にもしっかりと刻まれている。

（だから、見ず知らずの相手と結婚するなんて、私には考えられないわ）

「にゃん！」

前世に想いを馳《は》せて呆けていた私が手を緩めた瞬間、ルサードがひょいっと私の腕から飛び出した。

「ルサード！　どこに行くの？」

「みゃあぁ」

窓の外に飛び出したルサードは、壁のくぼみを伝って器用に地面に下りていく。しっぽをフリフリ、呑気《のんき》にお散歩に出かけるようだ。

「もう……！　今日は大人しくしておかないと駄目だと言ったのに」

よりによって都から皇子様がやってくる日に外出するなんて、面倒ごとに巻きこまれる予感しかしない。

私は棚の上にあった面紗《めんしゃ》を急いで身に付けると、もう一度窓から身を乗り出して、左右をキョロキョロと見渡した。

お父様もお姉様もすでに屋敷の中に戻った後のようで、目の届く範囲には誰もいない。

（今なら、誰にも見つからずに近道できそう）

私は窓枠に飛び乗ると、両手を振ってその場で勢いを付けた。

「はっ！」

小さく息を吐いて、二階から地面に飛び下りる。空色のシフォンドレスの裾が風にふんわりと揺れ、私は音もなく地面に着地した。

華奢《きゃしゃ》で繊細な儚《はかな》げ美女というのは、世を欺《あざむ》くための仮の姿。

お父様もお姉様も知らないけれど、本当の私は自分でも驚くほどの怪力の持ち主で、おまけに剣術にも長《た》けている。

誰かに剣術を習ったこともなく、特別な訓練を受けたわけでもない。

物心ついた時にはすでにこの力を身に付けていたから、きっと私は前世の記憶だけではなく、能力まで受け継いだのだろう。

二階から飛び下りることなんて朝飯前だ。普通に生活していても、少し気を抜くとついついこの怪力を使ってしまいそうになる。

もしも今の私の力を誰かに知られたら、今世でも最恐の称号を手に入れてしまうのでは……？　なんて思うこともしばしば。

だから今世の私は、この力をひた隠しにして生きている。

それに、心の奥底に息づくアディラとしての私が願うのは、前世で愛したナジル・サーダにもう一度出会って結ばれることだ。そのためには、前世の彼の婚約者がそうであったように、か弱くて儚《はかな》げな女でいようと決めた。

女神ハワリーンの生まれ変わりであるかのように自分を偽《いつわ》り、強さを隠してでも。

アザリムに古くから伝わる神話の中に、人は数百年ごとに生まれ変わって再び出会う、という記述がある。今自分が出会っている人はすべて、前世でも関わりのあった人なのだという。

その神話を信じるならば、きっとナジル・サーダも今、この世界のどこかで生きている。もう出会っているかもしれないし、これから出会うのかもしれない。

彼が私と同じように前世の記憶を持っているとは限らない。しかし神話によると、何か一つは必ず、前世の自分が持っていたものを引き継いで生まれ変わるのだとか。

もしも奇跡的に彼に出会えたら、前世では伝えられなかった恋心を、今度こそ伝えたいと思う。

私が前世から引き継いだものが「アディラとしての記憶」だったのは、叶わなかった恋を来世で成就させたいという、アディラの強い気持ちの表れだと思うからだ。

（……って、そんなことはさて置き、ルサードはどっちに行ったのかしら？）

立ち上がって辺りを見回すと、ルサードはしっぽを振りながら建物の向こうの角を曲がっていくところだった。

「ルサード、待って！」

ドレスの裾をたくし上げ、私は急いでルサードの後を追う。ルサードにあの角を曲がられてしまえば、きっと彼の姿を見失ってしまうだろう。

しかしちょうど建物の角まできたその時、お父様と見知らぬ男が身を寄せて話をしているのが目に入った。私は二人に見つからないよう慌てて一歩うしろに下がると、壁の陰に身を隠す。

(わあ、危なかった。全力で走るのを見られるところだったわ)

胸に両手を当てて、音を立てないように細く息を吐く。

私は華奢《きゃしゃ》で繊細、か弱くて絶対に走ったりしない儚《はかな》げな女……そう何度も自分に言い聞かせながら、お父様たちに見つからないように背中を壁にぴったりと付けた。

建物の向こうのほうから、ルサードの「みゃあん」という勝ち誇った声が聞こえる。私につかまらないよう、わざとお父様の近くに歩いていったのだろう。後でみっちりお説教をしなければいけない。

私がすぐ側にいることに気が付かないまま、お父様は低く小さな声で見知らぬ男に囁《ささや》いた。

「……それで、手に入るのか?」

「いやぁ、ハイヤート様。さすがにそれは難しいですよ」

「そこをなんとか。我がハイヤート家の命運がかかっているのだ。二千スークは払うが、どうだろう」

「ううむ、探してはみますが、いかんせんすぐに見つかるような代物ではなく……」

（なんの話？　おかしな取引の相談でもしているのかしら）

壁の陰からそっと覗いてみると、ターバンとひげでほとんど顔の見えない初老の男がお父様の隣で項垂《うなだ》れていた。

そのさらに向こうのほうで、ルサードは屋敷の塀《へい》に登り、その上をテテッと軽やかに走っていく。

（あの子、屋敷の外に出る気なのね）

ルサードは豪商のお父様が買ってきた隣国ナセルの猫で、ここアザリムでは高値で取引される珍種だ。誰かに捕まって売り飛ばされでもしたら大変なことになってしまう。

お父様たちに見つからないようにルサードに追いつくには、どうやら屋根を伝っていくしかなさそうだ。

私は背にしていた壁のくぼみに手をかけて、一息に屋根の上までよじ登った。

「――今晩宴を催《もよお》すんだが、これまでとは比べられないほど重要な客なんだ。宴の後、客が天幕に戻られるまでには準備をしておきたい」

「今晩までというと、納期まであと半日しかないじゃないですか！　いくらナセル商人で最も顔が広いと言われる私でも、そんな短期間で魔法のランプを手に入れられるわけがない……ん？」

お父様と話していた見知らぬ男は、困った顔のまま天を仰いだ。

……そう。天を、仰いでしまった。

屋根の上にいた私と、見知らぬ初老の男。

私たちの視線がバッチリと合い、お互いにそのままの姿勢で固まった。

「……ハイヤート様」

「なんだ？　二千で駄目なら三千スークでどうだろう。いや、言い値でいい。いくらが希望だ？」

「お代は結構です。もしも今晩までにご要望の魔法のランプをお持ちできたら……あの屋根の上にいらっしゃる女神《ハワリーン》を私の妻としていただけませんか」

「は？　屋根の上？」

お父様は怪訝な顔で、男と同じ方向――つまり、屋根の上にいる私を見上げた。

（うう、なんと言い訳したらいいんだろう）

体が弱くて部屋に引きこもってばかりの娘が、よりにもよって屋根の上で一人、威風堂々と立っているのだ。

こんな高いところにどうやって登ったのかと聞かれても、上手くごまかせる気がしない。

「リ、リズワナ？」

「……はい、お父様。残念ながらリズワナです」

「お前、なぜそんなところに？　どうやって登った⁉」

「え？　それはその……あっ、今日は風が強かったので吹き飛ばされたのかも。ほら私、華奢《きゃしゃ》で儚《はかな》いので」

……ああ、失敗した。

こんなおかしな言い訳が通じるわけがない。

「……なるほど。リズワナ、窓は不用意に開けるものではないぞ。今晩から、こちらのジャマール殿の妻となる大切な体だ」

(ほっ、なんとかお父様を騙せたわ……って、私がこの男の妻に⁉)

若く見積もっても私の三倍は生きていそうな初老の男は、私の顔を見上げて「うんうん」と頷いている。

「お父様！　私はとても体が弱いですし、まだ十八歳の若輩者です」

「ああ、女神《ハワリーン》よ！　うちにはすでに三人の妻がいる。若いあなたのこともきちんと指導してくれるはずだ。安心して私に嫁いできてほしい」

「ええっ？　私、四人目の妻なんですか？」

とんでもないことになった。

愛する人と結ばれるという前世の願いを叶えたいがゆえに、私はわざわざ華奢《きゃしゃ》で儚《はかな》くてか弱いフリをしながら、十八年もひっそりと自分を隠して生きてきたのだ。

それなのに、突然こんな年の離れた見知らぬ相手に嫁ぐことになるなんて、絶対にお断りしたい！

（とりあえず、この場から逃げよう）

「――あああっ！　お父様、ジャマール様！　あちらから竜巻が来ますっ‼　風神ハヤルがお怒りなんだわ！」

私が大声で遠くを指差すと、お父様とジャマールはつられて私の指した先を見るため背中を向けた。

（さあ、今のうち。とりあえずこの場から逃げるわよ！）

私は屋根の上を全力で走り抜け、愛猫ルサードが向かった先――バラシュの街の方角へ急いだ。

◇

異国の珍しい果実や香辛料、香油、装飾の施された骨董品。

通りの両側にずらっと並ぶ露店の隙間を縫《ぬ》うように、猫のルサードは軽やかに駆けていく。

私はルサードの姿を見失わないように、人の間をすり抜けながら石畳《いしだたみ》を進んだ。

（それにしても、今日もバラシュの街は平和ね）

街の人々だけでなく荷を運ぶロバまでが自由に往来しているこの通りは活気に溢れていて、あちこちで人々の明るい笑い声が湧き上がっている。

しかし一見平和なこの街は、つい数年前までピリピリとした緊張感に包まれていた。隣国ナセルとの関係が悪化し、戦場からも近かったこの街は、いつ両国の戦に巻きこまれてもおかしくない状態だったのだ。

その頃を思うと、今のこの市場《バザール》の明るい賑わいは嘘のよう。

両国の国境に近いこのバラシュの街がここまで再興したのはすべて、アザリムの第一皇子アーキル・アル＝ラシードの功績だと言われている。何年も両国の力が拮抗《きっこう》していたところにアーキルが成人して参戦すると、あっという間にナセル軍を倒して制圧してしまったそうだ。

（なんでも、アーキル皇子が自ら兵を次々に斬り殺し、一夜で血の海を作ったとか……ああ、怖い怖い！）

昼夜問わず戦い続けるアーキル軍の陣営はまるで不夜城のようだったと、ナセルの商人から聞いたことがある。

戦地での功績は、とかく大げさに語られがちだ。アーキルの武功の噂だって、真実かどうかなんて分からない。しかし、彼が冷酷で残虐な人物であることは間違いないだろう。

「そんな恐ろしい人が来るとも知らず、バラシュの人たちはみんな呑気《のんき》ね……。あっ、ルサード！　見つけたわ！」

市場《バザール》の裏、細い路地に入っていくルサードが、私の視界を横切った。見失わないように目を見開いて、私は露店の間を抜けてその路地に飛びこむ。

「ルサード、どこにいるの？」

誰もいない路地を、そろそろと進む。

陽の光が石壁に遮《さえぎ》られた一本道の路地は、昼間にもかかわらず薄暗い。

ここまで来ると市場《バザール》の賑わいはほとんど聞こえず、目の前の細い路地はどこまでも続いているように見える。

（もしかして、この道じゃなかったのかしら）

ルサードとは別の道を来てしまったのかもしれない。このまま進むのを諦め、私は市場《バザール》に戻ろうと足を止めた。

――すると、その時。

歩いてきた方向に振り返ると、私の体が何かにぶつかった。

「きゃあっ！」

目の前には、大柄で人相の悪い一人の男が立っていた。ルサードを捜すことに気を取られて、人の気配に気が付かなかったとは情けない。男はゴツゴツした手で私の口を覆《おお》うと、腕を掴んでそのまま石壁に背中を押し付ける。

（物盗りかしら……それとも？）

「お前、可愛い顔をしてるじゃないか。俺と一緒に来てもらおう」

なるほど、これはきっと物盗りではなく人買いの類だ。

私を都まで連れていって、後宮《ハレム》の奴隷として売るつもりだろう。

（ああ、私ったら華奢《きゃしゃ》で儚《はかな》い女のはずなのに……こんなところで本性を明かさなければいけないなんてね）

この男には、私に手を出したことを後悔してほしい。

もちろん、あの世でね。

私は人買いの男と目を合わせたまま、彼の腰にぶら下げてあった短剣《ダガー》を右足でひょいっと蹴《け》り上げる。

不意をつかれて驚いた男の腹に蹴《け》りを一発喰《く》らわせ、なぎ倒す。するとその勢いで、男の体が音を立てて割れた地面にめりこんだ。

私は宙に浮いた短剣《ダガー》を右手で取ると、男の背中に腰かけて、首筋にそれを当てた。

「あなた、誰か他に仲間はいらっしゃるの？」

うつ伏せに倒された大男からは、返事がない。

「このバラシュの街は、とっても治安がいい場所なんです。あなたの仲間はどちらにいるのかしら。暴れられる前に根こそぎ殺《や》っておく必要がありますから教えてください」

やはり、返事はない。

「あれ？　どうしました？　致命傷ではないはずなんだけど……おーい」

座っていた背中から降りて、男の前髪を掴んで顔を上げさせる。するとその男の口からではなく、私の背後の方向から別の男の声がした。

「無駄だ。気を失っている」

「え？」

振り向くと、そこには白い長衣《カフタン》をまとった男性が二人立っていた。口元まで隠すようにターバンを被っているので顔はほとんど見えない。

私も慌てて自分の面紗《めんしゃ》を整え、できるだけ彼らに顔を見せないようにうつむいた。

（どう考えても、私がこの人買いの男を伸《の》したところを見られたわよね）

後から現れたこの二人も、バラシュの人間ではなさそうだ。人買いの仲間なのか、それとも別の街から来た旅人か。

いずれにしても、急いでルサードを捜しに行きたい今、この人たちと深く関わるのは面倒だ。とりあえず、この場をごまかすために一芝居打とう。

「こっ、怖かったですぅ……助けてくださってありがとうございましたっ！」

「いや、俺たちは何もしていない。お前がその男を蹴《け》り倒したように見えたが？」

（……あ、はい。やっぱり騙されませんよね）

手前に立って話す男の瞳は、印象的な瑠璃《るり》色。口調は偉そうな上に冷たいが、人買いの仲間ではなさそうだ。

ということは、後ろにいる優男も害はないだろう。ターバンの隙間から覗く優男の目は穏やかで、女を捕まえて奴隷として売り飛ばそうなんていう緊迫した気配は感じられない。

私はその場に短剣《ダガー》を投げ捨て、間に合わせの笑顔を作って立ち上がった。

武器も捨てたし、私が彼らの敵ではないことは伝わったはずだ。さっさとここから立ち去って、ルサードを捜しに行こう。

しかし、二人の横をすり抜けて市場《バザール》に戻ろうとした私の手首を、後ろにいた優男が思い切り掴んできた。

「なんですか、突然」

「失礼。ついでに少々伺いたいことがあるのですが」

「……だからって、いきなり手首を掴むなんてひどいです。私は今、猫を捜していて急いでいますから、これで失礼します」

「猫ですか？　どんな？」

「毛が白くて……とても珍しい猫なので、見たら印象に残るかと」

私は二人と顔を合わせぬよう、地面に視線を落とした。

するとその刹那《せつな》、瑠璃《るり》色の瞳の男があっと言う間に私の腕を引き、優男から引き離したかと思うと、私の体と腕を壁に押し付けて自由を奪う。

（――動きが速いわ！　一体この男、何者なの⁉）

彼はきっと、私が下を向いたことで、腰元に武器でも隠し持っていると勘違いしたのだ。自分が斬られる前に私の動きを封じようと動いたのだろう。

道で偶然鉢合わせただけの小娘をここまで警戒するとは、なんという見かけ倒し、臆病《おくびょう》な男だろうか。

しかし、女戦士アディラの生まれ変わりであるこの私よりも素早い身のこなし。心は臆病《おくびょう》でも、相当の手練れと見た。

男の瞳が、氷のように冷たく光り、真っすぐ私に刺さる。

「お前、何者だ？」

「ええっとですね。私は、その……」

「ナセルに近いこの街には、魔法を使える者もいるということか？」

「魔法、ですか？」

「お前のような小さな体で、あんな巨体の男を倒せるわけがない。魔法を使ったのか？　それとも魔道具か？」

「は？　一体何を仰《おっしゃ》ってるの？」

　少々話が飛躍していて、頭の整理が追い付かない。

　確かに隣国ナセルは魔法の国と言われてはいるが、私が人買い男をなぎ倒したのは、ただの実力だ。私はナセルの者ではないので魔法は使えないし、今は魔道具だって持っていない。

「私は魔法を使えません、魔道具もありません」

「それでは、お前がこの男を倒したことの説明がつかない」

「女神ハワリーン様のご加護かもしれませんね。このバラシュの地は、昔からハワリーン様のお膝元と言われておりますから」

　腕も脚も壁に押し付けられて身動きが取れないまま、私は目の前の瑠璃《るり》色の瞳をじっと見た。

　ターバンの隙間から覗く男の瞳は、異様な雰囲気を醸し出している。目の周りに刻まれた深いクマのせいで、美しいはずの瑠璃《るり》色は随分とくすんで見えた。

(なんだろう、この瞳。すごく見覚えがあるような)

私たちは瞬きもせずお互いの動きを牽制しながら、至近距離でしばらく睨《にら》み合う。

(……と、それどころじゃなかった。このままじゃ、ルサードがますます遠くへ行ってしまうわ)

こんなところで、見知らぬ男と時間を無駄にしている場合ではない。

私は体を素早くねじって男の腕からすり抜けると、男の長衣《カフタン》の隙間から琥珀《こはく》色の宝石のついた長剣《サーベル》を抜き取った。

シャン——と、長剣《サーベル》が空を切る音が路地の石壁に反射する。その短い音が鳴り終わる前に私は二人の足の間を通り抜け、彼らの背後に回った。

突然私が視界から消えたことに驚いた男たちには、一瞬の隙ができた。その隙に私は長剣《サーベル》を持ち直し、後ろから優男の背中に剣先を突きつける。

「ごめんなさい。急いでいますので、これで」

体に突き刺してはいないものの、私の持つ長剣《サーベル》の先は優男の長衣《カフタン》を裂《さ》いて背中に直接触れている。

優男が唾《つば》を飲む音が聞こえる。

「……お前、その長剣《サーベル》が使えるのか？」

優男の背中の向こうから、瑠璃《るり》色の瞳の男が驚いた表情で私を見つめている。

こんなに細くてか弱そうな外見をした私が、屈強な男を一撃で気絶させ、その上男性用の長剣《サーベル》を振り回しているのだ。驚くのは当然だろう。

確かにこの長剣《サーベル》は装飾がたくさん施されていて、武器として扱うには少々重たい。そんじょそこらの女性では、持ち上げることすら難しいはずだ。

私は長剣《サーベル》を男に向けて放り投げた。

「ごめんなさい。お返ししますね。どうかお二人とも気を悪くせず、バラシュを楽しんでください！」

二人に軽く手を振って、私は市場《バザール》の方向に走る。

背後で男たちが私を呼び止める声が聞こえた気がしたが、振り返ることはしなかった。

路地を引き返して市場《バザール》まで戻ってきても、やはりルサードの姿はどこにも見当たらない。露店と露店の隙間にまで目を凝《こ》らしながら、市場《バザール》の人の流れの中を歩いてルサードの姿を捜す。

（ルサード、私に見つからないように逃げているわね）

先ほどの瑠璃《るり》色の瞳の男が言っていた通り、『剣の国』と言われる我がアザリムに対し、隣国ナセルは『魔法の国』だと言われている。

ナセルで生まれたルサードも、そのあたりにいる普通の猫とは違い、不思議な力を持っている。

昼間はごく普通の白猫だ。

しかし夜になって月を目にすると、ルサードは猫から獅子《ライオン》に姿を変える。その上、まるで神話に出てくる神のように、獅子《ライオン》に変化したルサードは人の言葉をも操ることができる。

もしもどこかの盗賊がルサードを捕まえて売り飛ばそうとしようものなら、命の保証はない。

もちろんルサードの命ではなく、盗賊のほうの。

太陽はすでに傾きかけて、間もなく夕焼けが街を包むだろう。市場《バザール》の露店も店じまいの準備を始めている。

「あら、ハイヤートのお嬢様じゃないですか？」

金物屋の店主の女性が、商品を片付けながら私の顔を覗きこんだ。

「え？　ごめんなさい、どなただったかしら」

「女神ハワリーンの生まれ変わり、リズワナ様ですよね？　やっと嫁ぎ先がお決まりになったとか。おめでとうございます！」

「嫁ぎ先？　私の？」

（……なんの話だったっけ）

「リズワナ様、嫁ぎ先が決まったんですか？」

「お相手は誰なんだい？　え、ナセルの隊商《キャラバン》の男だって？」

「随分と年が離れた男に嫁ぐんだねぇ」

「ちょっと家格が合わないいんじゃないのかい」

側にあった露店の女店主たちがわらわらと私の周りに集まってきて、次々に会話に参戦してくる。あっという間に私はおしゃべり好きの店主たちに周りを囲まれてしまった。

「奥様、嫁ぎ先とは一体なんのことでしょうか？」

「リズワナ様ったら！　まさかお聞きになっていないなんてことはないでしょう？　ジャマールとかいうナセルの商人が、リズワナ様を妻に迎えると言って、浮かれながら仕入れに出ていきましたよ」

「あっ、そうだったわ……！」

（しまった！　ルサードを捜すことに必死になって、ジャマールのことをすっかり忘れていた！）

そう言えばお父様が、ジャマールに何か交換条件のようなものを出していた気がする。夕方までに何かを準備できたら、お代をもらわない代わりに私を娶《めと》りたい、とかなんとか言っていなかっただろうか。

彼がお父様の出した条件を満たさなければ、きっとこの縁談は立ち消えになる。なんとしても縁談は阻止したい。年の離れた男の四番目の妻になんて、絶対になりたくないんだから！

（昼間の二人の会話を思い出すのよ、リズワナ！）

「お父様とジャマールはなんと言っていたっけ……あっ、そうだわ！　魔法のランプ！」

（そうだそうだ、そうだった！）

お父様とジャマールの会話の内容を思い出し、私はパンと両手を合わせた。

確かジャマールは、『魔法のランプなんて手に入れられるわけがない』と、お父様にかけあっていた。お父様がジャマールに頼んだのは、ランプだ。しかも、ナセルとの交易でしか手に入らない、珍しい魔法のランプ。

「奥様！」

私は初めに声をかけてきた露店の店主の手を取る。

「ジャマール様は、魔法のランプを仕入れに行ったのですか？」

「ええ、昼すぎに仕入れに行くと言って出かけていくのを見ましたが……。魔法のランプなんて、一生に一度手に入るかどうかの代物です。見つかるわけがないよ！」

店主の女性はそう言ってガハハと笑った。

魔法のランプがなかなか見つからない品物だということは、私だってよく分かっている。問題は、その珍しいものを万が一ジャマールが手に入れてしまった時のことだ。

彼はランプを手に入れたら、直接その足でお父様のもとに向かうだろう。そのお父様は今頃皇子たちをお迎えするために、必死で宴の準備をしているはずで……

（とりあえず、私も皇子の宴とやらに向かわなきゃ！）

「ありがとうございます。私はちょっと体が弱くて、持病の物忘れでご迷惑をおかけしました。ゲホゲホ」

「いえいえ、リズワナ様ならもっといい相手がいらっしゃっただろうにねぇ……って、そんなこと言っては駄目だね。お幸せに！」

娘である私が、お父様が決めた縁談を断る立場にないことは分かっている。が、とにかく今回の結婚は、なんとしてでも避けたい。

私は店主たちに手を振ると、市場《バザール》を後にしてお父様のもとに向かった。

◇

皇子の天幕は、バラシュの街の高台から見下ろせる場所に設けられていた。

万が一の刺客に備えて、背中側を崖《がけ》に面した場所にしようと考えたのだろう。さすがにこの高さでは、崖《がけ》の上からの奇襲は不可能だ。

（でも残念だったわね。こんな急な崖《がけ》だって、私みたいに軽々降りられちゃう人もいるんだから）

天幕を挟んだ向こう側では皆が焚火《たきび》を囲み、まさに宴が始まろうとしている。

料理や酒が次々に運ばれていく傍らには、着飾った女性たちが集まって、黄色い声で騒いでいた。これでもかというほど宝石をジャラジャラと身に付けたザハラお姉様の姿も見える。

「……さてと、お父様とジャマールはどこかしら」

忙しそうに行き来する人たちの中で、一層派手な服装をしたお父様の姿はすぐに見つかった。魔法のランプを手に入れられたら、ジャマールは真っ先にお父様のもとに向かうはずだ。しばらくこの場所から見張っていよう。

崖《がけ》の端に腰かけて両足をゆらゆらと揺らしながら、私はジャマールの登場を待った。

（魔法のランプなんて見つからなければいいのに……）

そんな気持ちが頭の中でぐるぐると回る。

私はお姉様と違って、皇子に取り入って後宮《ハレム》に入りたいなんて、一度も考えたことがない。かと言って、年の離れたジャマールの四人目の妻になることだって、心の底から勘弁願いたい。

ハイヤート家の四人目の妻だったお母様が亡くなってからというもの、私には家族と呼べる人がいなくなった。

側にいるのは、私を商売道具としか考えていないお父様に、私を目の敵にするお姉様たちだけ。嫌な思いをさせようなんていう気持ちは微塵《みじん》もないのに、私はお姉様たちにとって邪魔者でしかなかった。

無条件に愛し、愛される。お父様やお姉様たちとも、そんな関係の家族になりたかった。しかし四番目の妻が産んだ娘が「家族の一員に入れてほしい」と願うなんて、贅沢すぎるのだろうか？

前世で想い人から愛されなかった私は、「愛されたい」という気持ちが人一倍強いのかもしれない。

（アディラはナジル・サーダに愛されたかった。せっかく生まれ変わったのだから、今世こそ自分の恋を叶えたいと思っている。だけど……）

ナジル・サーダと再会して結ばれたいと願うアディラとしての私と、前世の恋に区切りをつけて、新たにリズワナとして生きたい私。

前世から数百年が経った今、私はこの相反する二つの気持ちを抱えて、どうしたいのか自分でもよく分からなくなっている。

アディラ・シュルバジーとリズワナ・ハイヤート。

どちらも私であることには変わりないのに、二つの人格の感情が自分の中で次々と入れ替わる。

「……今そんなことを考えても仕方ないか。生まれ変わったナジルに、今世で会えるかどうかも分からないんだし」

いずれにしても、アディラにもリズワナにも共通しているのは、年の離れた相手の、しかも四番目の妻になんて、絶対になりたくないということだ。

私はため息をつきながら、ふと天幕のほうに視線を移した。

すると、何やら白い塊が素早い動きで疾走していくのが目に入る。茂みから飛び出してきたその塊は天幕の間をすり抜けて、一番崖《がけ》側に近い大きな天幕に飛びこんでいく。

(今の白い塊！　あれってルサードじゃなかった⁉)

私は思わず立ち上がり、空を見上げた。

すでに夕刻。空には間もなく月が輝き始めるだろう。

(こんな人の多い場所で、ルサードが月を見たらどうなるかしら)

獅子《ライオン》の姿に変わったルサードを目にしたら、皇子もその従者たちも、きっと大騒ぎになるだろう。皇子を危険に晒した罪で、お父様の首だって一瞬のうちに飛ばされてしまう。

「もう！　だから今日は外に出ないほうがいいと言ったのよ！」

どこからか、風に乗ってシタールの響きが聴こえてきた。そろそろ宴が始まる。今のうちにルサードを連れて、急いでこの場を離れなければ。

（魔法のランプのことで頭がいっぱいだったのに、もうルサードったら！）

ルサードが駆けこんだ天幕を目がけて、私は崖《がけ》の急斜面を伝って下りていった。

◇

「ルサード？　ここにいるのは分かっているのよ」

天幕の中にそっと忍びこんでみたのだが、そこには誰もおらず、静まりかえっている。耳に入るのは、遠くで奏でられるシタールの音色と人の笑い声だけだ。

狩りに来ているにしては豪華すぎる調度品の数々に、何度も目を奪われながら、私はキョロキョロとルサードの姿を捜す。

テーブルの上に置かれたランプのほのかな灯り、どこからか漂ってくるサンダルウッドのお香の匂い。

日が落ちた後のほの暗さのせいか、天幕の中は物憂げで気怠《けだる》い雰囲気だ。

天幕の中央に敷かれた絨毯《じゅうたん》はまごうことなき一級品で、絨毯《じゅうたん》の表面を手のひらでそっと撫でると、最高の手触りにため息が出た。きっと身分の高い人のために、最高級の素材で作られたものだろう。

「この絨毯《じゅうたん》は一体どれくらいするのかしら。素材の染色、織り方の技術、模様の出し方……すべてが素晴らしいわ」

サンダルウッドの香りのせいでついつい力が抜けた私は、そのお高そうな絨毯《じゅうたん》の上に寝転んでみた。すると天幕の端に積み上げられた木箱の隙間から、ルサードのしっぽが覗いているのが見えた。

「そんなところにいたのね、ルサード。早く戻りましょう」

「……」

「ねえ、もう月が昇るわ。皆に見つかる前に行くわよ」

「……にゃぁ……ぁ」

絨毯《じゅうたん》の上を這《は》うようにして木箱のほうに近付くが、眠くなってしまった様子のルサードは両目を閉じている。

早くここを出なければと分かっているのに、私のほうまでルサードにつられて眠気に襲われる。

重いまぶたをなんとか開きながら、手を伸ばし、ルサードのしっぽの先を掴んだ。

◇

「…………プが……煙だ！　早く……火を消し止めろー！」

（……ん？　何？）

「……早く水を持ってこい！　殿下、危険ですから天幕の外へ！」

（危険？　水？　何かが燃えてるの？）

大声で騒ぐ人たちの声で、私は意識を取り戻して飛び起きた。ここはどこだったかと辺りを見回すが、目の前が真っ白なモヤで包まれていて身動きが取れない。

（何よ、この白いモヤは。まさか……煙⁉）

自分がルサードを探して天幕の中に忍びこんだのだということを、ようやく思い出した。木箱の隙間に隠れていたルサードを見つけて、しっぽを掴んだところまでは覚えている。

まさか私は、あのままこんな場所で居眠りをしてしまったというのだろうか。

「殿下、早く外へ！」

「……いや、ランプが絨毯《じゅうたん》に落ちて燻《くすぶ》っていただけだ。もういいから下がれ」

「しかし……！」

「早く行け！」

「ははあっ！　では、煙を出すために入口は開けておきますので……！」

「ああ、早く一人にしてくれ。お前たちがうるさくて休むこともできん」

煙の向こう側から聞こえた男たちの会話の内容から、私はよりにもよって、最も入ってはいけない天幕に入ってしまったのだと悟った。ここはきっと、このアザリムの皇子が使う天幕だ。

（やけに豪華な調度品や絨毯《じゅうたん》が置かれていると思ったわ。それにしても、なぜ私はこんなところで居眠りなんか……）

あっさり眠気に負けるなど、前世で最恐と呼ばれたアディラの名が廃《すた》る。情けない気持ちにとらわれたが、今はそんなことを考えている場合ではない。なんとかこの場を切り抜けなければ。

ここアザリムの皇帝の後宮《ハレム》には多くの妃がいて、皇子や皇女も多いと聞く。

悪名高い冷徹皇子アーキルを筆頭に、多くの皇女たち、そしてアーキルとは年の離れた弟の第二皇子。弟皇子の方はまだ五歳くらいだと聞いたことがある。

（だから煙の向こうにいるのは、冷徹皇子のアーキルね。背は高いし声は低いし、ものすごく不機嫌そうな話し方……）

白い煙の向こうから一歩一歩、皇子が私のいるほうに近付いてくる足音がする。天幕の入口から差しこむ月の光に照らされて、皇子の姿は逆光で黒い影のように見えた。

その黒い影が、煙の出所、燻《くすぶ》っていた絨毯《じゅうたん》に向けて何かをかぶせる。その辺りに落ちていた布で、火を消したのだろう。

天幕の入口から少しずつ煙が吐き出され、徐々に視界が開けた。このままいけば、私とルサードも皇子に見つかってしまう。

（相手が皇子でなければ一発お見舞いして気絶させた隙に逃げるんだけど。さすがに皇子には乱暴できないわ）

兵たちの首を斬って血の海を作ったという残虐な皇子に見つかるなんて、万事休すとしか言いようがない。とりあえず木箱の裏にでも身を隠そう。

煙を吸わないように両手で口を押さえ、その場で私は体を反転させた。すると私の足に、コツンと何かがぶつかった。

先ほどテーブルの上に置かれていたランプだ。

（ああ、ランプが絨毯《じゅうたん》の上に落ちて火が燃え移ったのね）

「……誰だ」

物音に気付いた皇子が、地を這《は》うような低い声で呟く。

（しまった！　気付かれた！）

慌てて身を縮めてみたが、もう遅かった。皇子は扇で煙を仰ぎ、私の側に落ちていたランプを見つけて手で拾う。

扇の風に吹かれて煙が晴れ、皇子の顔が私の目の前にハッキリと現れた。

褐色《かっしょく》の肌に、無造作にまとめられた黒髪。精悍《せいかん》な印象の顔の中で、くすんだ瑠璃《るり》色の瞳だけがギロリと異様に目立っている。

（この瑠璃《るり》色の瞳……市場《バザール》で見た長衣《カフタン》の男と同じ色ね）

瞳に気を取られて油断した瞬間、私の頭上めがけて皇子の長剣《サーベル》が勢いよく振り下ろされる。

長剣《サーベル》に埋められた琥珀《こはく》色の石を目印に、私は剣の動きを瞬時に読み取りながら体をねじって避けた。

「ひえっ、やめてください」

「何者だ。刺客か」

「違います、誤解なんです！」

宙に残った煙を斬るように、皇子はシャンシャンと音をさせながら長剣《サーベル》を振り回す。

さすがナセルとの戦いで活躍した皇子だけあって、剣筋は確かだ。

それでも、この元・最恐女戦士の私を斬ることは難しいと思うけれど。

皇子の剣を次々に避け続けていると、彼もこれは不毛な戦いだと察したのだろう。腕をおろしてため息をつき、絨毯《じゅうたん》の上に長剣《サーベル》を投げ捨てた。

木箱の上に飛び乗って構えていた私と、再び真っすぐに視線が合う。

「お前は――」

瑠璃《るり》の瞳をさらに曇《くも》らせ、皇子は顔をしかめた。

「お前は、ランプの魔人なのか？」

「ラ、ランプの……え？　はあっ⁉」

思いも寄らない問いが飛んできた。

どこからどう見てもごく普通の人間である私に向かって、「ランプの魔人」呼ばわりだなんて。

ふざけて言っているのかとも思ったが、目の前の皇子の表情はいたって真面目だ。

「ランプの魔人って……私がですか？」

「宴の前に、商人ハイヤートが言っていた。俺のために世にも見事な贈り物を準備している、と。それがこのランプとお前のことか？」

先ほど拾ったランプを指差して、皇子は顎《あご》を上げ、偉そうに私を見下ろす。

どうやらこの冷徹皇子はなんの変哲もないただのランプを、魔法のランプだと勘違いしているらしい。

魔法のランプと言えば、ナセルに伝わる昔話に出てくる魔道具の一つ。ランプをこすると煙と共に中から魔人が現れ、主人の願いを三つだけ叶えてくれると言われている。

とても珍しい魔道具で、一生に一度出会えたら奇跡という代物だ。

（やっぱりジャマールには本物の魔法のランプは準備できなかったみたいね。それはそれでよかったんだけど……）

なかなか問いに答えようとしない私に苛立った様子の皇子は、私を見下ろしたまま口元を引きつらせている。

確かに、ランプの火が燃え移った絨毯《じゅうたん》から煙が出ていたから、まるで私がその煙と共にランプの中から現れたように見えたかもしれない。

（でも、あれは魔人が現れた時の煙ではなくて、ただの火事ですから！）

「あの、私は決して魔人などではなく……」

「ハイヤートはなかなかの仕事をしてくれたようだ。まさかこの俺に偽物は寄越すまい。もしも偽物のランプを貢《みつ》いだりしたら、おのれの首が一瞬で飛ぶことくらい、よく分かっているだろうから」

「はい、もちろん本物です！　私は正真正銘のランプの魔人ですっ！」

木箱から急いで下りると、私は皇子の前で丁寧に頭を下げた。

（咄嗟《とっさ》に嘘ついちゃった……）

皇子の天幕にこっそり忍びこんだ上にランプの魔人を名乗るなど、私はなんと馬鹿なことをしているのだろう。すぐに嘘だと見抜かれるに決まっているのに。

しかし、もしも皇子にランプが偽物だと知られたら、お父様の首が飛ぶだけではおさまらない。最悪の場合、ハイヤート家は一家もろとも処刑されてしまうかもしれない。

皇子が勝手に面倒な勘違いをしたくせに、なぜ私たちがこんな目にあわなければならないのだろうか。腹立たしくて、無理矢理ひねり出した笑顔もひくひくと引きつってしまう。

（今は何時ごろかしら。この上ルサードまで見つかってしまったら、大変なことになるわ）

「……にゃあん」

（ああ、ルサードのことを思い出した途端これだ）

背後から私を呼んだルサードの鳴き声に振り向こうとすると、皇子は私の腕を力いっぱい掴んで止めた。

「あれはなんだ」

「私の飼い猫でして……ちょっと手を放していただいても？」

「あれが猫なものか。見ろ」

「え?」

煙を吐き出すために天幕の入口が開いていたのが、私の運の尽きだった。

ルサードのいる角度からはちょうど今宵の明るい月が見える。白くて小さいはずのルサードの体は、みるみるうちに大きくなっていく。

白毛は月光を浴びて輝きながら長く伸び、獅子《ライオン》のたてがみに変わる。

十も数え終わらないうちに、ルサードはすっかりたくましい白獅子《ホワイトライオン》の姿に変身してしまった。

しかし皇子はルサードの姿に驚くこともなく、口の端を上げてニヤリと余裕の笑みをたたえる。

「なるほど。ランプの魔人は白獅子《ホワイトライオン》を操ると言われているからな」

「ああ……そ、そうですね。なにしろ私は本物のランプの魔人なので。白獅子《ホワイトライオン》を操るくらいお手の物です」

「ランプの魔人は、主人である俺の願いを三つ叶えてくれるんだろう?」

掴んだままの私の腕をぐいっと引かれ、鼻が触れるほどの至近距離に、皇子の顔が迫る。彼の冷たい瑠璃《るり》色の瞳の中に、私の姿が映しだされて揺れた。

「皇子様……」

「アーキルと呼べ。俺はアザリムの第一皇子、アーキル・アル＝ラシードだ」

「アーキル様、ですね」

「様もいらん、アーキルでいい。それで、お前の名は？」

「私はリズワナと申します。そっちにいる白獅子《ホワイトライオン》がルサードです」

「リズワナに、ルサードか。よく聞け、ランプの魔人リズワナよ。早速一つ目の願いだ」

　アーキルはやっと私の腕を放したかと思うと、側にあった寝台の上に私を座らせた。そして長衣《カフタン》を脱いで椅子にかけ、同じ寝台に身を投げ出して寝そべる。

「魔人よ。俺の一つ目の願いは」

「……あの！　実は私、魔人の中でも新人でして……願いは三つではなく、一つのみでお願いできませんか？」

「話が違う。今すぐハイヤートを連れてこい。首をはねてやる」

「いやいや！　ごめんなさい！　願いは三つでいいです、頑張ります！」

（うう、上手くごまかせなかったわ）

　どうやらこの男の願いとやらを三つ叶えるまで、私は彼から解放されないようだ。

　地位も権力も財力もすべて手にしているアザリムの第一皇子が、一体私にどんな無茶な願いを吹っかけようというのだろう。

助けを求めてルサードに視線を送るが、獅子《ライオン》の姿になったルサードは、呑気《のんき》に私の足元までやってきてあくびをするのみだ。

（……もう、ルサードの役立たず！　いいわ。とりあえずアーキルの願いを聞こうじゃないの）

半ば自暴自棄《じぼうじき》になった私は、寝転んでくつろぐアーキルのほうに向き直った。

「さあ、一つ目の願いをどうぞ！」

「俺は生まれてから今まで、まともに眠ったことがない。一度朝まで眠ってみたいのだ……お前にできるか？」

「え？」

（朝まで眠りたい……ですって？）

毎日部屋に引きこもって寝てばかりの私には、まったく理解できない願いだ。そもそも人は、眠らずに生きていられるものだろうか？

「眠らないまま、ずっとこれまで生きてきたのですか？」

「ああ、眠れないんだ。眠り薬を香に入れたところで、なんの役にも立たない」

（お香に眠れる薬を……？　ああ、だから私もルサードも、お香の匂いであっさり眠ってしまったのね）

皇子が眠れるように天幕に準備してあったお香の力に、まんまと私たちが引っかかってしまったというわけだ。それさえなければ、きっと今頃ルサードを連れて屋敷に戻れていただろうに。

しかし今はそんなことよりも、皇子の体質のほうが本題だ。

「まったく眠れないなんて、私には想像がつきません。魔法や呪いの類でしょうか？」

「ああ。だからナセルの魔道具が頼みの綱だった」

アーキルは目を閉じ、寝台の上で足を組む。

私のことをランプの魔人だと勘違いしているからか、皇子という立場のくせに随分と気安い。初めて会う相手に簡単に自分の弱みを喋《しゃべ》るなど、少々他人に気を許しすぎではないだろうか。

「……分かりました。上手くいくかどうかは分かりませんが、とりあえずやってみましょう」

「ほう、どうするのだ」

「まあ、お待ちください。ルサード、アーキルの枕になれるかしら？」

たてがみを撫でながら囁《ささや》くと、ルサードはさも面倒くさそうに腰を上げる。私は寝台に敷布を広げ、ルサードをその上に座らせた。

そしてアーキルの腕を引き、ルサードのお腹が枕になるようにもう一度彼を横たわらせた。

「どうです？」

「うむ……毛が柔らかくて、悪くはない」

「でしょう？　ではもう一度目を瞑《つむ》ってください。ルサードを枕にして、私が語る神話を聞いているうちに、きっとアーキルは眠ってしまうと思いますよ」

ランプの魔人であることを疑われないように、私は努めて堂々と背筋を伸ばして微笑んだ。

実を言うと、いつもルサードを枕にして眠っているのはこの私だ。フサフサで柔らかい白い毛に包まれながら、ルサードが語るアザリムの神話を聞いて、毎晩床についている。

魔法の国ナセルから来たルサードは、白獅子《ホワイトライオン》に姿を変えると、人の言葉を話せるようになる。彼の語る神話はとても耳ざわりがよくて、まるで子守歌のように私を夢の世界へと誘《いざな》ってくれる。

そして何よりも、この白くてフワフワした毛に包まれていると癒《いや》されて自然と眠気に襲われるのだ。アーキルにもその心地よさを味わってもらおう。眠れないなんて言わせない。

「神話、か」

「ええ、アザリムとナセルがまだ一つの大国だった頃のお話をしましょう」

私がルサードのしっぽを撫でながらそう言うと、アーキルの表情がわずかに曇《くも》った。

「……アーキル、もしかして神話はお嫌いでしたか？」

「そんなことはない。神話というと、神だの悪魔《ジン》だのが出てくるのか？」

「神は登場しますが……今日のお話に悪魔《ジン》は出てこないですね」

(私のことをランプの魔人だと勘違いするだけあって、アーキルは魔人や悪魔《ジン》がお好きみたい。おかしな趣味ね)

アーキルは「分かった」と頷くと、もう一度ルサードのお腹に頭をのせて目を閉じた。瑠璃《るり》色の瞳にばかり目がいって気付かなかったのだが、彼のまつ毛はとても長くて、目を閉じた姿はまるで神話に出てくる神のように美しい。

「……どうした？　早く始めてくれ」

「あっ、失礼しました。眠たくなったら何も言わず眠ってくださって大丈夫ですよ」

「もしも俺が眠れなかったら？」

「その時は責任を取って、私は魔法のランプの中に退散しますね」

「それは困る」

目を閉じたまま、アーキルは軽い笑みを浮かべた。

しかし、これから眠ろうかというのに、なぜかアーキルの笑みは引きつっていて、体にも力が入って強張っている。

まるで何かに怯《おび》えているようにも思えた。

（眠れるのかどうか、そんなに不安なのかしら……。でも大丈夫。ルサードの温かさと白毛に包まれて、眠くならない人なんていないはずよ）

アーキルにどんな呪いや魔法がかけられているのかは知らない。

でも、ルサードは魔法の国ナセルで生まれた不思議な力を持つ白獅子《ホワイトライオン》なのだ。ルサードの力があれば、アーキルを眠らせることくらい容易いはずだ。

そして、私が神話を語るのは、アーキルが眠れなかった時のための予防線。

気になる場面で語りをやめて、「続きはまた明日！」とでも言っておこう。そうすればアーキルは物語の先が気になって、簡単に私やお父様の命を奪えなくなるはずだ。

ルサードに目配せをして、私は口を開いた。

昔々、この場所にはアザルヤードという大きな国がありました。

北にはアザルヤード山脈、南にはナーサミーン山脈。ナーサミーンの山からは魔石がたくさん採れました。その魔石を使った魔道具は、アザルヤード全土に行き渡っていました。

ナーサミーン山脈のずっとずっと南にある海は、海神バハルによって治められていました。

海神バハルは陸に憧れていました。ナーサミーンの山々を眺めては、あの山の向こうには何があるのだろう、向こう側に行ってみたいとずっと考えていました。

そんな海神バハルの心につけこんだのが、風神のハヤルでした。

ハヤルも陸に憧れていましたが、いくら陸に向かって飛んでも、毎度ナーサミーンの山々に邪魔されて、山の向こう側に行けないのです。

『ナーサミーンの山々の向こう側には、きっと貴重な宝が眠っているに違いない。その宝を独り占めするために、ナーサミーンが我々の邪魔をしているのだ』

そう考えた風神ハヤルは、海神バハルに言いました。

『共に陸に上がり、ナーサミーンの山を崩して向こう側へ行こう』

海神バハルはその申し出を喜びました。一度でいいから陸に上がってみたいと、ずっと思っていたからです。しかし、バハルには心配の種もありました。

『ナーサミーンの山には、山神ルサドが住んでいると聞く。山を崩せば、ルサドの怒りを買うのではないだろうか』

しかし風神ハヤルはどうしても山の向こうの宝を手に入れたいと思っていましたから、必死で海神バハルを説得しました。

やがて根負けした海神バハルは、風神ハヤルと共に陸を攻め、ナーサミーンの山々を削ることに決めました。

ハヤルはすべての力を使って、ナーサミーンの山に大風を吹きつけました。バハルはハヤルの風を利用して波を高く荒らげ、山に向かって高波を打ち付けました。

山神ルサドは風神と海神に怒りましたが、自分だけでは二神に敵う力はありません。あっと言う間にナーサミーンの山々は削られ、高くそびえ立っていた山頂は崩れて砂となり、山の向こう側にその砂が溜まって砂漠になりました。

『もう少しだ、海神バハルよ。もっと山を削れば、我々は山の向こう側に行ける。宝を手にすることができる』

風神ハヤルが勝利を確信したその時、力尽きた山神ルサドの向こう側から、すさまじい咆哮《ほうこう》が響いてきました。

そのあまりの大きさと崇高《すうこう》さに、風神ハヤルと海神バハルは思わず動きを止めて陸のほうを眺めました。

すると、削られて砂になったナーサミーンの山の向こうから、巨大な白獅子《ホワイトライオン》が現れたのです。山を一足で跨《また》げるほどの大きなその白獅子《ホワイトライオン》は、太陽の光を反射して輝く白いたてがみに雄々しくて立派な尾、そして瑠璃《るり》色の瞳を持っていました。

白獅子《ホワイトライオン》はもう一度空に向かって雄叫びを上げた後、海神と風神に向かって言いました——

（……）

（…………寝た？）

神話を語る私の側で両目を閉じたアーキルから、規則正しい呼吸音が聞こえてくる。

試しに話すのを止めてみても、気付いて目を開ける様子もない。

（これは、眠っているわよね？）

ルサードはしっぽでアーキルの胸をポンポンと軽く叩きながら、大きく口を開けてあくびをしている。

獅子《ライオン》の姿のルサードは人の言葉を話せることをアーキルに知られないよう、彼が眠るまではあえて口を噤《つぐ》んでいたようだ。

「ルサード。アーキルは寝てる？」

『……ああ、眠ったようだな』

「よかったぁ……さすがルサード！　ねえ、今のうちにここから逃げられないかしら？」

『俺は今、枕にされているんだぞ。俺が動けば、皇子は気付いて目を覚ますだろう。それにこのまま逃げたら、ハイヤート家はただではすまん』

「それはそうだけど……元はと言えばルサードがこんなところに来るからいけないのよ！　あなたが勝手に散歩にさえ出なければ、こんなことにはならなかったんだから！」

『……静かに、リズワナ』

ルサードは鼻をひくつかせながら、天幕の入口のほうに顔を向けた。

あまりの夜風の冷たさに、つい先ほど天幕の入口を閉めたばかりだったのだが、ルサードはじっとその閉じた入口のほうを見つめている。

（外に誰かが、いるの？）

外の物音に耳を澄ませ、私もルサードと同じ方向を見つめる。

天幕の周りは静寂に包まれている。が、ルサードが感じたのと同じであろう異変を、私もすぐに感じ取った。

夜風と虫の鳴き声に混じって、砂が踏みつぶされるようなかすかな音が聞こえてくる。

その瞬間、私は側にあったアーキルの長剣《サーベル》を手に取って、天幕の外に飛び出していた。

◇

――翌朝。

眠りこけた私の耳元で、穏やかな呼吸音が聞こえる。

左耳がこそばゆくて片目を開けてみるが、まだ辺りは薄暗くてよく見えない。

（日の出もまだじゃない。もうひと眠りしようかしら）

日中の暑さが嘘のように、砂漠の朝晩は空気が冷える。私がルサードの温もりを求めて寝台の上で体を寄せると、突然私の腰のあたりからぐいっと何者かに引き寄せられた。

「ルサード……？」

頬が温かな肌に触れる。しかしルサードの肌にしては、毛がなくて滑らかだ。毛のないところも肌触りがいいものだなんて思いながら、私はルサードの肌に頬をすり寄せる。

「ルサードなら猫に戻ったぞ」

「……あら、そう。もうすぐ朝だものね」

（ん？　じゃあ私は誰と喋《しゃべ》ってるの？）

一気に目が覚め、私は寝台の上で飛び起きた。

そこは、ハイヤート家の自分の部屋ではなかった。

見慣れない豪華な天蓋《てんがい》、柔らかな敷布、珍しいお香の匂い。

そして私の目の前には、ランプの灯りに照らされた褐色肌《かっしょくはだ》のたくましい男が、満面の笑みを湛えて偉そうに寝そべっている。

「きゃあっ！　誰なの⁉」

「ランプの魔人リズワナ。お前はもう昨晩のことを忘れてしまったのか？」

「あっ、ランプの魔人……そうだ、そうでした！　私はランプの魔人リズワナですよ。本物のやつです」

乱れた髪を慌てて整えながらルサードの姿を捜すと、白猫に戻ったルサードは天幕の入口近くで爪をカリカリと研《と》いでいた。

（慌てて焦って、振り回されるのは私だけなのね）

私の恨めしい心の声が届いたのか、ルサードは爪を研《と》ぐのを止め、「にゃあ」と鳴いてこちらに歯を見せた。

昨夜、アーキルが眠った直後のこと。

天幕の外に人の気配を感じた私は、皇子の長剣《サーベル》を拝借して天幕の外に飛び出した。

宴が終わって闇に包まれた、皇子の天幕から少し離れた場所。そこには、見張り役だった騎士たちが何人も倒れていた。辺りには、昨晩アーキルの天幕で焚《た》かれていたものと同じサンダルウッドの香りが漂う。

どうやら第一皇子がここにいることを知って、命を狙いにきた不逞《ふてい》の輩がいるようだ。その刺客は見張りの騎士たちをお香で眠らせ、物陰に身を隠していた。そして天幕から飛び出した私の背中を狙って、突然斬りかかってきたのだ。

刺客は、たった一人。

単独で来たところを見るに、本気でアーキルの命を狙ったわけではないらしい。

私はアーキルの長剣《サーベル》でさっさと刺客をお片付けした後、倒れていた騎士たちの側の木に縄でくくりつけておいた。しばらくして騎士たちが意識を取り戻せば、その時に刺客の始末をどうにかしてくれるだろうと見越して。

ついでに刺客の近くに、アーキルの長剣《サーベル》を放り投げておいた。これで騎士たちは、刺客をやっつけたのはアーキル本人だと勘違いするだろう。

そんな緊迫した事件があったのに、ルサードはすべて私に任せてアーキルと共に寝台でゆっくり休んでいた。『枕代わりの俺が動いたら、せっかく眠ったアーキルが目を覚ますだろう』とかなんとか、とにかく言い訳ばかり。

呆れた私も、ルサードの背中の毛に埋もれてふて寝をしたのだった。

……と、そこまでは記憶しているのだが、いつの間にか私はルサードの背中からずり落ちて、アーキルの隣で熟睡していたらしい。

「男の人の隣で夜を明かすなんて……もう私、お嫁に行けないわ！」

私が絶望して寝台の上で頭を抱えていると、アーキルはいたくご機嫌な様子でハハッと声をあげて笑った。

「なぜ笑うんです？」

「魔人も一丁前に嫁に行くのかと思ってな」

「そっ、そうですよ。魔人には魔人の人生っていうものがあります。これでも一応、私も恋する乙女なんですから！」

「恋する乙女か。それなら、俺の後宮《ハレム》に来ればいい」

「ああ、後宮《ハレム》ですか………はっ、後宮《ハレム》ッ⁉」

驚いて寝台から転げ落ちそうになった私の腕を掴み、アーキルは私を抱きこむようにして自分の横に寝かせる。

彼のはだけた衣の隙間からは鍛え上げられた褐色《かっしょく》の肌が見え隠れし、私は気が動転して顔を背けた。

「やめて！　嫁ぐ前に傷物になりたくないし、私には心に決めた人がいるんです！」

「俺の後宮《ハレム》に入れてやると言っているんだ。もっと喜べ」

「私は愛する相手と結ばれたいんだってば！」

「愛する相手？　魔人の愛する相手とはどんなやつだ？　相手も魔人なのか？」

「それは……何百年も昔の前世の想い人です！　私は今もずっと、生まれ変わった彼を探しているので」

「まさか、人は数百年ごとに生まれ変わるとかいう神話を信じているのか？　魔人のくせにおかしな女だ。何か相手に関する手がかりはあるのか？」

私の頬に手を当てて、アーキルは私の顔を無理矢理自分のほうに向ける。

人の話を真面目に聞く気など微塵《みじん》もないのだろう。あからさまに私を馬鹿にしたような満足気な笑顔が憎たらしい。

「私の愛した人は、アーキルと違って穏やかで理知的でした」

「ほう。ひどい言われようだ」

「生まれ変わった時に、前世の自分が持っていたものを何か一つは引き継ぐというじゃないですか。だから私は今世でも、彼を見分けられるんじゃないかと思っているんです。きっと彼は今世でも穏やかで優しい性格だと思います。アーキルと違って」

「穏やかで優しい男など、この国にどれだけいると思っているんだ？　その分では、愛する相手とやらには出会えそうもないな」

「そんなことありません！　他にも例えば……そうだ！　彼の右胸には獅子《ライオン》の形をした珍しい痣《あざ》がありました。その痣《あざ》を持っている人を探せばきっと……」

「獅子《ライオン》の痣《あざ》だと？　これのことか？」

「え？」

アーキルは体を起こし、右半身だけ衣から腕を抜いた。

露わになった彼の褐色《かっしょく》の肌は、あちこち傷だらけだ。

（そうだった。アーキルは以前、ナセルと戦って戦地に血の海を作ったという噂がある

るものね。この傷はその時のものなんだわ）

前世では私も体中を傷だらけにして戦ったものだ。アーキルの体に刻まれた傷の一つ一つが、まるで自分の傷のようにも思えて、私は思わず彼の体に手を伸ばした。

伸ばした私の指の先、彼の右胸には青白い痣《あざ》。

そっとその痣《あざ》に触れてなぞってみるが、アーキルの言う通り、確かに獅子《ライオン》の形をしているように見える。

（ナジルと同じ、獅子《ライオン》の痣《あざ》……）

何か一つは必ず、前世の自分が持っていたものを引き継いで生まれ変わる——神話に記されていた一節を信じるならば、もしや……

「アーキルが彼の生まれ変わりなの？」

「知らん。これは生まれた時からある痣《あざ》だ。それに前世など覚えているわけがないだろう」

「……そうですよね。彼とあなたは全然違うもの。アーキルとは違って、彼はもっと穏やかで優しかった！　それに……」

「騒ぐな。まだ早朝だぞ」

アーキルは私の口を手でふさぎ、反対側の手で私の腕を寝台に押し付ける。

ちょうどその時、私の騒ぐ声を聞きつけたのか、一人の騎士が天幕の外からアーキルを呼んだ。

「アーキル殿下、ご無事でしょうか！」

「……ああ、無事だがどうした？」

「いえ、少し見ていただきたいものがありまして、こちらに来ていただけませんか」

騎士の声がけに、アーキルは気怠《けだる》そうに立ち上がる。椅子にかけてあった長衣《カフタン》を肩から羽織ると、そのまま天幕の外へ出ていった。

天幕の中には呆然とした私と、ルサードだけが残された。

（……一体どうして？　信じられないけど、あの痣《あざ》は間違いなくナジルと同じものだった）

アーキルに押し倒された姿勢から体を起こすと、ルサードが私のもとに戻ってきて膝に乗る。

「にゃあぁ！　にゃあっ！」

ルサードが言いたいことは分かっている。

騎士がアーキルを呼びに来たのは、天幕の外で木に縛り付けられている刺客を見つけたからに違いない。

身分を隠して狩りに来た先で皇子が刺客に狙われたとあっては、アザリムの一大事だ。アーキルの長剣《サーベル》を刺客の側に置いてきたから、今頃騎士たちは、刺客を倒したのはアーキル自身だと勘違いしているだろう。

アーキルを守れなかった自分たちの無能ぶりを、大いに反省してほしい。主君を守れずして騎士を名乗るなど、許されることではない。

(ああ、でも今の私はそれどころじゃないわ。あの冷徹皇子のアーキルが、ナジル・サーダの生まれ変わりかもしれないんだもの)

期待していたのとは違う、ナジルとの想定外の再会に、混乱して頭が働かない。

にゃあにゃあとうるさいルサードに促されて私は寝台から立ち上がり、天幕の入口から外を覗いてみた。アーキルと騎士たちは、気絶したままの刺客を前にコソコソと何かを話している。

(ほら、あの偉そうな態度。ナジルとは似ても似つかないのに……)

やはり、彼がナジルの生まれ変わりだなんて信じることはできない。

一度頭を冷やして冷静になりたい。一旦ここから逃げてしまおうか。しかし私が急に姿を消したとあれば、お父様の命の保証はない。

(たとえ愛されていなくても、私にとってはたった一人の父親だもの。殺されるのを指をくわえて見ているわけにはいかない)

頭を抱えて悩んでいるうちに、アーキルが騎士たちとの話を終えて、こちらに戻ってきてしまった。

「リズワナ！　最高だ、気に入ったぞ！」

大層ご機嫌な様子で、アーキルは天幕の中に飛びこんでくる。

ルサードと二人で絨毯《じゅうたん》の上に座りこんでいた私を軽々と抱き上げると、その場でくるくると回って子どものようにはしゃいだ。

「きゃあっ！　アーキル、一体何が気に入ったんですか？　目が回りますから下ろして！」

「あれはお前がやったんだろう？　俺を眠らせるための魔法を使っただけでなく、刺客まで返り討ちにしてくれるとはおもしろい！」

アーキルの腕の中にいる私を見て、天幕の入口近くから中を覗いている騎士たちは言葉を失っている。

「皆さんが驚いているじゃないですか、とりあえず放して！　私はアーキルが朝までぐっすり眠れるように、邪魔者を縛っておいただけなので……」

「素晴らしい、気に入った。このままお前をアザリムの都まで連れていく。俺の後宮《ハレム》に入れ。いいな？」

「ええっ⁉　そんな強引な……！」

騎士たちの間で、どよめきが上がる。

もしも許されるのなら、私もそっちのどよめく側に入りたかった。

冷酷無慈悲で有名なアーキル殿下が、見知らぬ女を後宮《ハレム》に入れると宣言しているのだ。私だってどよめきたい。

それなのに私は今、その皇子の腕の中にいる当事者だ。

(これってどう見ても、アーキルが旅先で女を寝所に連れこんでるようにしか見えないわよね。まさか私のことを、ランプの魔人だと思う人はいないだろうし……)

やっとのことでアーキルの腕から下ろしてもらった私の前に、見慣れた男性がひょこっと顔を出した。天幕の入口にずらっと並んでいる騎士たちをかき分けて、天幕の中に入ってくる。

「……失礼します、アーキル殿下。私はここバラシュの商人、バッカール・ハイヤートでございます」

深々と頭を下げたのは、派手な身なりをしたお父様だった。

昨晩のおもてなしをやり遂げて、褒美をもらうためにアーキルに挨拶しに来たのだろうか。

お父様に顔を見られるわけにはいかない私は、急いでアーキルの背中の後ろに隠れた。

「ハイヤートか。其方の献上品、実に気に入った」

「はっ、献上品ですか？　実はその献上の品を、ちょうど今お持ちしたところで……」

「何を言う。昨晩確かに受け取ったが？」

お父様とアーキルの会話は、まったく噛み合っていない。

アーキルは私のことを、お父様からの献上品のランプの魔人だと思っている。身に覚えのない献上品を褒められて、お父様も混乱しているのだろう。

「ええっとですな、アーキル殿下。もう一つお見せしたいものがございまして」

揉み手ですり寄るお父様の様子に、ふと不安がよぎった。

まさか今になってジャマールが、本物の魔法のランプを見つけてきたのだろうか。

（もしそうなら、大変なことになるわ）

お父様がランプを献上するためにこの天幕を訪ねてきたのだとしたら、私がアーキルについた嘘が早速露呈してしまう。

ひやひやしながら二人のやり取りを見守るしかなくなった私は、アーキルの背後で息を飲んだ。

「アーキル殿下。献上品はこちらです。アザリムの都に、ぜひこの者をお連れくださいませ」

「この者とは？　俺が受け取ったのは、魔法のランプだが？」

「魔法のランプを受け取った⁉　……あ、ええっとですね、そうなんです。私はここバラシュ一《いち》の商人ですから、あらゆる人脈を使って魔法のランプを探しました。ですが……」

「何が言いたいんだ？　ハイヤート」

「……魔法のランプなど使って願いを叶えたところで、それは殿下の名声には繋がりますまい。代わりと言ってはなんですが、このバラシュで最も美しいと言われる、我が娘ザフラを献上したいのです！」

そう言ったお父様の後ろから、ジャラジャラと宝飾品の揺れる音がする。

アーキルの脇の間からこっそり向こうを覗くと、そこには恭《うやうや》しく跪《ひざまず》くザフラお姉様の姿があった。

（魔法のランプが見つかったんじゃなくて助かったわ。ただ、そうなると私は、お姉様と一緒に都に向かうことになるの……？）

アーキルは私のことをランプの魔人だと勘違いしたままだ。もしもお姉様がアーキルへの献上品として都に行くなら、私が魔人ではなくただの人であることを、アーキルに伝えてしまうかもしれない。

「アーキル殿下、わたくしはこの商人バッカール・ハイヤートの娘、ザフラと申します。ぜひ殿下にお仕えさせていただきたいと――」

顔を上げたザフラお姉様が絶句する。

お姉様の目は、真っすぐにアーキルの脇……つまり私の顔を捉えていた。

(うわ、見つかっちゃった)

荷物の後ろに隠れようと後ずさりするが、アーキルは私の肩に大仰に腕を回す。そして、ワナワナと怒りに震えているザフラお姉様とお父様の目の前に連れ出されてしまった。

「ハイヤートよ。其方からの献上品の魔法のランプには、この美しい魔人が隠れていたようだ。そこのバラシュで最も美しい娘とやらも、この魔人には劣るだろう？」

「ア、アーキル殿下！　その娘は魔人などではなく……」

「魔人ではない？　ハイヤートよ、お前は偽物の魔法のランプを献上したと申すのか？」

「いえいえ、決してそんなわけではございませんで……！　ただ、どうかこちらの我が娘ザフラを殿下の後宮《ハレム》にお連れいただきたいとお願いに参っただけでございます」

何がなんだか分からないという顔で、お父様は視線を私に向けた。

しかし、むしろ私の方が混乱しているのだ。助けを求められたって困る。

アーキルは昨日のボヤ騒ぎの時のランプを手に取ると、お父様の目の前に突き出した。冷徹皇子に睨《にら》みつけられたお父様は、震えて冷や汗をダラダラとかいている。

「どうなんだ、ハイヤート。このランプは偽物なのか？」

「ええと、いえ、それは」

「ここにいる美しいランプの魔人も、偽物であると？」

「あぁ……それは、その娘はですね……」

「答えろ、ハイヤート！」

「ほっ、本物です！　その娘は間違いなく正真正銘のランプの魔人でございます！」

（──はぁっ⁉）

思わず口をあんぐりと開けた私の前で、お父様は皇子から一歩離れて地面に頭を擦り付けた。それを見ていたザフラお姉様も慌ててお父様に続く。

偽物の魔法のランプを指にかけてくるくると回すと、アーキルは鼻でふっと笑った。

（あれ？　私ってハイヤート家の娘のリズワナじゃなかった？　本当はランプの魔人なの？　……って、そんなわけがないでしょ！）

面と向かって実の父からランプの魔人呼ばわりされるなんて……と、私の開いた口は塞がらない。

「では、このリズワナは俺が後宮《ハレム》に連れていく。よいな」

「はっ！　もちろんでございます！　しかしアーキル殿下、もしよければそちらのランプの魔人リズワナと共に、我が娘ザフラもお連れいただけませんでしょうか」

「勝手にすればいい。働き口ならいくらでもある」

「……ありがとうございます！」

もう一度頭を地面に擦り付けたお父様の隣で、ザフラお姉様は悔しそうに唇を噛んでいる。誰が見ても、私のことを睨《にら》んでいるようにしか見えない。

いつの間にか、私が後宮《ハレム》に連れていかれることが決定事項のように話が進んでいく。

私が都に行けば、お父様には魔法のランプの対価として大量の金貨が与えられるはずだ。商売を今すぐ辞めても問題ないくらいの財にはなるだろうから、お姉様がわざわざ都に付いてきて働く必要なんてない。

バラシュで蝶よ花よと育てられたお姉様も、都に行けばただの女官として扱われるはずだ。

（いくら皇子に気に入ってもらおうと必死だったザフラお姉様でも、この状況で都についてくることはないわよね……？）

横目でアーキルを見上げると、それに気が付いたアーキルが片方の口元を上げた。ゆうべぐっすりと眠って元気が出たのか、瑠璃《るり》色の瞳は朝日を浴びて宝石のように輝いている。

騎士に促され、お父様とお姉様は天幕から追い出されていく。視界から外れる最後の一歩まで、お姉様は私を睨《にら》みつけていた。

「……アーキル。本当に私は、都に連れていかれるのですか？」

「ランプの魔人は、願いを三つ叶えるまで主人に仕えるのではないのか？」

「はい、そうでした。でも……」

「でも、なんだ？」

「アーキルは、本当に私が探していた最愛の人なのですか？」

勝手にランプの魔人に間違われた挙句、残りの二つの願いを叶えるためだけに都に連れていかれるなんてまっぴらごめんだ。

しかし、もしも本当にアーキルがナジル・サーダの生まれ変わりであるのなら話は違う。

（せっかくナジルと再会できたかもしれないのに、このまま二度と会えなくなるのは嫌）

アーキルは小卓の上に用意されていた果物の中からブドウを一房手に取ると、足を大きく広げて椅子にドスンと座る。

「気になるなら、俺の側にいて確かめればいい」

「確かめる？」

「俺はこのアザリムの第一皇子アーキル・アル＝ラシードだ。前世の記憶なんて持ち合わせていない。俺がお前の最愛の男の生まれ変わりなのかどうかは、これから自分で確かめろ」

この話にまったく興味がないといった様子で、アーキルはブドウを自分の口に放りこんだ。

（アーキルの言う通りかもしれない。バラシュで引きこもって暮らしていても、何も変わらない。都に行って、アーキルが本当にナジルの生まれ変わりなのかどうか確かめたい）

前世でナジルに伝えたかった言葉を、私はまだ彼に伝えていない。

だから生まれ変わった今になってもこうして、いつまでもナジルの影を追ってしまっている。

アディラ・シュルバジーの恋を成就したいのか、前世の恋を終わらせてリズワナ・ハイヤートとして新しい人生を歩みたいのか。アーキルと共にいれば、このどっちつかずの気持ちに決着がつくだろうか。

「分かりました、アーキル。私を都に連れていってください」

「当然だ。昨晩の神話の続きも聞かせろ」

「……話の続きを聞きたいのですね。それはランプの魔人への二つ目の願いということでいいですか？」

「ふざけるな。神話を語ることは、一つ目の願いに含まれているだろう」

アーキルは立ち上がって私の目の前まで来ると、私の口にブドウを一粒押しこんだ。

◆

「アーキル様……少しよろしいですか？」

「カシム。なんの用だ」

「そろそろ日が高くなります。馬車に移動されてはと思いまして」

カシムにそう言われて空を見上げると、強い日差しが目に入る。

バラシュの街を出発して丸二日。そろそろ移動の疲れが溜まってきたが、これ以上旅程を延ばすわけにはいかない。

「確かに日差しが強いな。しかし構わん、このまま進む」

並走するカシムの馬から離れ、俺は隊列の先頭へ進んだ。

身分を隠してバラシュの街を訪れたはずが、俺を狙った刺客が現れた。どこからか内部事情が漏れていたのだろう。今更馬車に隠れてこそこそと忍んで都に帰る必要はない。それに、そもそも馬車での移動は退屈だ。

今回のバラシュ訪問には、元々必要最低限の者しか同伴していない。

側近のカシム・タッバールに、十人にも満たない護衛の騎士たち。しかし帰路では、バラシュの街から連れてきた女官希望の娘が数名増えた。

それに、バラシュで出会ったリズワナという娘も、半ば無理矢理連れてきた。

リズワナは実に不思議な娘だ。

どこから見ても華奢《きゃしゃ》でか弱く清楚な外見であるのに、おかしな白獅子《ホワイトライオン》を引き連れ、あろうことか剣術にも長《た》けている。

天幕で振るった俺の剣筋は完全に読まれていて、煙で視界が悪い中、彼女はいとも簡単に避けて見せた。

（しかもリズワナは、この琥珀《こはく》色の魔石の付いた剣を使いこなしていた。ずっと探し求めていた相手に、俺はようやく出会えたようだ）

リズワナの姿を思い出しながら腰に下げた長剣《サーベル》に目をやると、琥珀《こはく》の魔石が太陽を浴びてキラリと光る。

バラシュを訪れたのは、俺にかけられた不眠の呪いが発端だった。

物心ついた時から、俺には眠った記憶がない。眠らない不気味な赤子に困惑した母は、幼い俺を密かにナセルの魔女に診せた。

その魔女によれば、俺には生まれつき不眠の呪いがかけられているという。前世で何者からか呪いを受け、それを今世にまで引きずっているのだそうだ。

覚えてもいない自分の前世のせいで、この世に生を受けた瞬間から不眠の苦しみを背負う。

運命とはかくも残酷なものなのかと、母は絶望したという。

気味の悪い子なのに、第一皇子だったために殺すこともできない。結局、母は俺を拒み、遠ざけることしかできなかった。

(俺を捨てた母親のことなど、もう顔すら覚えていないが)

そもそも呪いとは、自らの強い恨みを魔法の力で増幅させて相手にぶつけ、その相手を縛りつけるものだ。

前世の俺を呪った者は、俺に余程強い恨みを抱いていたのだろう。不眠の呪いはこうして時を超え、生まれ変わった後も付きまとうこととなった。

ただ、魔女によると、解呪の方法はなくはないという。

この呪いにこめられた何者かの恨みを、俺が今世で代わりに晴らすこと――それが解呪の方法だそうだ。しかしこの方法は、誰がなぜ俺を呪ったのか分からない限り手の打ちようがない。

結果、俺はこの不眠の呪いにとらわれたまま、なす術《すべ》もなく生き続けた。母にも遠ざけられて困り果てた俺は、もう一度ナセルの魔女に頼ることにした。

魔女は、もう一つの解呪方法を示してきた。

『前世であなたが愛した相手を探し出し、側に置きなさい。そうすることによって、恨みが相殺されて呪いが解けるかもしれない』

魔女の言葉をそのまま信じるならば、どうやら前世の俺には、心から愛する相手がいたらしい。その相手への恋情が呪いと共に時を超え、いまだに俺の心の中に沈んでいるのだという。

『前世の呪いは、前世の愛で心を満たせば、解けるはず――』

神話の世界ではあるまいし、前世などという馬鹿馬鹿しい概念を心の底から信じてはいない。しかし魔女以外に頼れる者もない俺は、その言葉を信じるほかなかった。

魔女は、俺にナセル国のナーサミーン山地で採れる琥珀《こはく》色の魔石をくれた。この魔石には特殊な魔法がかけられていて、俺が前世で愛した相手を探し当てることができるという。

この魔石を手にすることができるのは持ち主である俺と、俺の呪いを解くはずの前世で愛した相手だけ。

俺は自分の長剣《サーベル》にその魔石を埋めこんだ。

俺以外にこの長剣《サーベル》を操れる者を探す。

それが今の俺にとって、呪いを解くための唯一の方法だ。

しかし、狭い後宮《ハレム》の中で、この長剣《サーベル》を操れる者を見つけられるはずがない。この広い世界でやみくもにその者を探すより、何か当てになるものがほしい。そのために『魔法の国』と呼ばれるナセルの魔道具に頼ろうと考えた。

狩りを口実にナセルに近いバラシュに向かい、バラシュ一《いち》の商人ハイヤートの顔の広さを見込んで、どんな願いも叶うという魔法のランプを探させた。

しかし大人しくハイヤートを待っていることなど、俺には無理な話だった。魔法のランプ以外にも、この街になら何か解呪に繋がる手がかりがあるかもしれない。いても立ってもいられず、俺は人目を忍んで自ら市場《バザール》に繰り出した。

単に「眠れない」というだけであれば、俺もこんなに必死になって呪いを解くために行動したりはしない。わざわざ自らの足でバラシュに行き、焦って街に繰り出すには、それなりの理由があった。

（毎夜、頭がおかしくなるほどの悪夢に襲われれば、誰だって焦るさ）

物心ついた時には、毎晩のように悪夢を見るようになっていた。

悪夢が始まるのは決まって、夜が更《ふ》けて日が変わる頃。突然ひんやりとした風が俺の周りに吹き始めたかと思うと、恐ろしい姿をした悪魔《ジン》が次々に現れる。悪魔《ジン》は俺をその鋭い爪で切り刻み、窒息する寸前まで首を絞めて傷めつける。

体を引き裂《さ》かれるかのような痛みと、耳をつんざくような悪魔《ジン》のうめき声。呼吸もままならない中で、俺は必死に助けを呼ぶ。

しかし、人払いされて静まり返った宮殿の中で、悲鳴は誰にも届かない。

そうやって、幾千回も地獄のような長い夜を一人で過ごしてきた。

幼い頃は夜が来るのが怖くて、泣きながら母や乳母に一緒に眠ってくれるように縋ったものだ。しかし二人は俺の呪いが自分にまで及ぶことを恐れ、なるべく遠ざけようとした。

俺にかけられた呪いを知るのは母親と乳母、そして俺の従者であるカシム・タッバールのみだった。第一皇子という立場もあり、この呪いのことは、皇帝である父にも知らされていない。

母と乳母は病で亡くなったから、今ではこのことを知るのはカシムだけになった。

時は流れ、俺は後宮《ハレム》を出て自分の宮殿を与えられた。

そして数年前――ナセル国との戦いが終わると、ナセルは人質として王女ファイルーズを俺の妃にと差し出してきた。

いくら泣いても縋っても、幼い俺と夜を過ごしてくれる者はいなかったくせに、今度はナセルの王女を妃として、夜を共にしろという。

呪いによって毎夜悪魔《ジン》の幻影と戦う姿を、ナセルの王女に見せられるわけがない。

妃であっても、夜に俺に近付くことは許さない。そう思ってファイルーズであろうが誰であろうが、妃や側女《そばめ》の類とは一切関わらないことに決めた。

しかし、バラシュで出会ったリズワナだけは特別だった。

俺の呪いを解く者にしか手にすることができないという、琥珀《こはく》色の魔石の付いた長剣《サーベル》を軽々と操り、この二十年間一度も眠ったことのない俺を眠らせた。

間違いなく彼女は、俺を呪いから解放してくれる女神。

俺が前世で愛した相手だ。

(リズワナも、前世の記憶がどうとか言っていたな……あの娘には前世の記憶があるのか?)

天幕で目覚めた朝、リズワナが俺の長剣《サーベル》で刺客を退けたことを知った。つまり、市場《バザール》で出会ったあの謎の娘とリズワナは同一人物だということだ。

ランプの魔人などではなく、彼女は普通の人間の娘。少し調べれば、リズワナがバラシュのハイヤート家の娘であることなどすぐに分かった。

リズワナは、俺が彼女をランプの魔人だと勘違いしていると思いこんでいる。もしもこのまま俺のもとを離れれば、自分の父親の首が飛ぶことも分かっているだろう。

だから俺は、リズワナをランプの魔人として扱う。そうすれば、残り二つの願いを言わない限り、俺の側にいてくれるはずだ。

長年俺を苦しめた呪いが、解ける日が来るかもしれない。

リズワナ・ハイヤートを絶対に手放すわけにはいかない。

第二章　皇子の後宮と呪い

バラシュの街を出発して数日後、私たちはアーキル皇子の一行と共に、アザリムの都に入った。長距離の移動と馬車酔いで疲れ切った私は、馬車から降りるや否やその場に座りこむ。

（ああ、気分が悪いわ……）

思い返せば、リズワナ・ハイヤートとして今世に生を受けてからというもの、私はバラシュの街を出たことが一度もない。馬車に乗っての移動がこんなに過酷なものだとは知らなかった。

（今世の私は随分とひ弱ね。前世では馬に乗ったくらいでは酔わなかったのに。まあ、船は苦手だったけど）

自分で馬を乗りこなすのと馬車の揺れに身を任せるのとは、勝手が違うようだ。馬車酔いした私の目の前の世界は渦《うず》のようにぐるぐると回っていて、何かにもたれかかりでもしないと倒れてしまいそうになる。

私は両手で自分の頭を抱えて目を閉じた。

少しでも吐き気のおさまる体勢を見つけるために身をよじると、私の体の動きに合わせて、腰に下げた偽物の魔法のランプがカチャカチャと鳴った。

「リズワナ様、大丈夫ですか？」

「お水をお飲みになりますか？」

お供の騎士たちは私のことをアーキルの寵姫だと勘違いしていて、ご機嫌取りに余念がない。彼らはよほど主人《アーキル》のことを恐れているのだろう。

なんと言ってもアーキルは、ナセルとの戦いにおいて、一晩で血の海を作ったと言われる、恐ろしい冷徹皇子なのだ。アーキルの機嫌を損ねて首を飛ばされることのないよう、後宮《ハレム》内では味方は多く作っておくにこしたことはない。

（それにしても、これだけ周囲に恐れられているなんて、アーキルはナジルとは似ても似つかないわ。あの獅子《ライオン》の痣《あざ》を除けば……）

少し吐き気が落ち着いて、その場で顔を上げて見回してみるが、近くにアーキルの姿は見えない。バラシュから都までの間の数日間、一度も顔を合わせていないのだが、彼は一人で眠れたのだろうか。

たった一晩眠れただけで歓喜していたアーキルを思い出すと、少し心配だ。

騎士から受け取った水を口に含んで、私は立ち上がる。

目の前には、長くて高い石造りの壁が続いている。この石壁の向こうにアザリムの都――人々の暮らす街や宮殿が広がっているのだという。

そして私のいる場所のすぐ傍らに流れる小運河は、水門の下をくぐって石壁の向こうまで続いていた。ここからは小舟《ゴンドラ》に乗り換えて都の中に入るらしく、私は騎士たちから小舟《ゴンドラ》の停まっている場所へ案内された。

（また乗り物で移動するのね……船酔いしそう）

舟を見ただけで胃から吐き気が込み上げてきて、私は面紗《めんしゃ》の上から口に両手を当てた。

「リズワナ、待ちなさいよ！」

隊列の後ろのほうから走ってきたのは、ザフラお姉様だった。周囲の制止をものともせず近寄ってきて、私の右肩をぐいと引く。

「痛いです。それに今はちょっと吐き気が……」

「あーら、体の弱いあなたが後宮《ハレム》でやっていけるのかしら。さっさとバラシュに戻ったらどうなの？」

お姉様のほうこそバラシュに残るだろうと踏んでいたのに、ふたを開けてみればこの通り。しっかり都までついてきてしまっている。

よほどアーキルの後宮《ハレム》に入りたかったのだろうが、残念ながらザフラお姉様は恐らく、勘違いをしている。

いくら豪商の娘でも、後宮《ハレム》で初めからアーキルの側女《そばめ》になれるわけではない。お姉様が期待しているような皇子とのめくるめくロマンスなど、よほどの幸運でもない限り夢のまた夢。待っているのは後宮《ハレム》で働くための厳しい勉強と、女官としての労働の日々だ。

前世でイシャーク・アザルヤード皇帝陛下直属の武官として働いていた私は、皇帝とのロマンスを夢見て都に出てくる田舎娘の悲しい末路を何度も目にしてきた。

（だからバラシュに残ったほうが幸せだと言ったのに）

どうしても皇子の寵愛を受けたかったのなら、むしろお姉様がアーキルの天幕に忍びこめばよかったのだ。そうすれば今頃、ランプの魔人としてこきつかわれるのはお姉様のほうだったかもしれない。

（まあ、それはそれで困るわね。もしもアーキルがナジル・サーダの生まれ変わりなんだとしたら……）

考えごとをしている間にもお姉様に肩を揺すぶられ、吐き気が再び私を襲う。

「ねえ、リズワナったら！　私の話を聞いてるの？　なぜ私たちは姉妹なのに別の馬車にされたのかしら。腹が立つわ！」

「ザフラお姉様、あまり大きな声で喋《しゃべ》らないほうがいいですよ。お姉様は女官として後宮《ハレム》に入るのですし、ここであまり悪目立ちしては印象が悪くなるかも」

「は!?　私を女官にする気？」

「だって、お父様もアーキルにそう仰《おつしや》ってましたよね？」

「うるさいわよ！　すぐに皇子様の側女《そばめ》になってみせるから見てなさいよ。ところであの時、あなたは皇子様の天幕で何してたのよ？」

「それはですね、いろいろと事情がありまして……」

口ごもる私の隣で、白猫姿のルサードが毛を逆立てて「シャー！」とお姉様を威嚇《いかく》する。

「まさかリズワナ……私が皇子様のお世話をすることを知っていて、抜け駆けしたんじゃないでしょうね!?　何がランプの魔人よ、ふざけないで！『リズワナは私の妹です！』って、今すぐ報告してやるから！」

「お姉様、そんなことをしてはお父様の立場がなくなります。私たちの嘘が露呈して、お父様の首が飛んだらどうなさるんですか？」

「それはそうだけど、でも……！」

「もしもお姉様がバラシュに戻りたいと仰《おつしや》るなら、私が交渉してみますから」

「何を偉そうに！　もう皇子様の寵姫気どりなの？」

「お姉様、少し落ち着いて」

お姉様に手を振り払われて転びそうになった私の肩を、背後から何者かの腕がそっと支える。振り返ると、そこには黒髪の男が一人立っていた。

満面に笑みをたたえる、少し頼りなさそうな優男。

（この糸のように細い目、どこかで見たことがあるような……）

「あっ、もしかして」

「思い出しましたか？　市場《バザール》で一度会いましたね。それがあなたの捜していた猫でしょうか。確かに珍しい種類だ」

間違いない。この男は、私がバラシュの市場《バザール》近くの路地で人買いの男を殴って気絶させた時に出会った人だ。

あの時はターバンで隠していたから顔をはっきり見たわけではないが、この細い目と穏やかな声は、間違いなくあの時の優男！

（……ということは、もう一人の瑠璃《るり》色の瞳の男は、やっぱりアーキルだったようね。彼の方は私に気付いていないみたいだけど）

ふと嫌な予感がよぎって、私は優男を振り返る。

市場《バザール》で出会ったのが私だと知っているなら、私が本物のランプの魔人ではないことも分かっているはずだ。

それをアーキルに伝えられでもしたらどうなる？　偽物のランプを献上した罪で、お父様の首が危ない。

（この優男に口止めしなきゃ）

しかし私が言葉を発するのを遮《さえぎ》るように、優男は恭《うやうや》しく礼をした。

「ご挨拶が遅れましたね。僕の名はカシム・タッバール。アザリムの第一皇子アーキル・アル＝ラシード殿下の従者を務めています」

「カシム様、こちらこそご挨拶が遅れました。私はリズワナと申します」

私の挨拶が終わらないうちに、ザフラお姉様がずいっと前に飛び出してくる。皇子に近い人物に出会って機嫌をよくしたのか、目を輝かせながらカシム様にすり寄っていく。

「カシム・タッバール様！　初めてお目にかかります。私はバラシュの商人の娘、ザフラ・ハイヤートと申します。カシム様もバラシュからの長旅でお疲れでしょう？　もしよければ私が側でお手伝いいたしますわ」

「え？　ああ……すみません。小舟《ゴンドラ》は二人乗りなんですよ。それに、あなたがたは皆アーキル皇子殿下のために都に来られたのですから、僕の世話をさせるわけにはいきません。さあ、リズワナ。行きましょう」

「お待ちください！　リズワナはこの通り体が弱くて……きっと皆様にご迷惑をおかけしますわ。私が共に参ります」

「同じことを何度も言わせないでくれますか？　僕は、リズワナと共に行くと言いましたよね」

カシム様が目配せをすると、慌てて駆け寄ってきた騎士たちがザフラお姉様の腕を両側から掴んだ。そして騎士たちに引っ張られ、お姉様は列の後ろのほうに連れていかれる。

「待って、待ってください！　その子は本当に体が弱くて役立たずなんです！　私のほうが……っ！」

悲痛な叫びも空しく、お姉様の姿はあっと言う間に見えなくなった。

都とは恐ろしい場所だ。バラシュの街でハイヤート家の娘をあんな乱暴に扱ったら、お父様が裏で手を回して大変なことになるだろう。

（ここは紛れもなくアザリムの都。いつまでもぐずぐずと迷ってても仕方ないわね。こうやって遠くまで来たからには、アーキルが本当にナジルの生まれ変わりなのかどうかしっかり確かめるわ！）

馬車と小舟《ゴンドラ》のせいで酔いまくっていても、心だけは強く持っていたい。

吐き気で朦朧《もうろう》とする意識の中で、私は改めて決意を固めていた。

◇

今から、数百年前のこと。

何年にもわたる戦いの末、ナセル地方の反乱を鎮めたアザルヤード軍が都に凱旋《がいせん》したのは、この砂漠の国に珍しく雪が降った日のことだった。

都ではあちらこちらで戦勝を祝う祭りが行われていた。

私――女戦士アディラ・シュルバジーも久しぶりに都の家族のもとに戻り、無事の再会を喜んでいた。

「アディラ。お前の働きで皇帝陛下をお守りすることができて、私たちも鼻が高いよ」

「あら、旦那様。アディラはナセルで戦っている間に二十歳になったんですのよ。無事に戻ったら結婚をと思っていたのに、全身傷だらけで……。これではどこに嫁に出せばいいのだか」

「何を言う！　『アディラが無事で戻ってきてくれさえすれば、他に何も望みません！』と、毎日のように神に祈りを捧げていたのはお前だろう？」

そう言って、お父様とお母様は涙を流しながら抱き合った。

心から私を愛してくれる両親と、目に入れても痛くないほど可愛い弟や妹たち。大切な家族を守ることができて、こうして無事に家族に再会することができて。本当に私は幸せだった。

お母様は「無事に戻ったら結婚を」と言っていたが、実は私もそのつもりでいた。アザルヤードの第三宰相を務める、ナジル・サーダが私の恋のお相手だ。

彼との出会いは四年ほど前のこと。武官見習いとして宮殿で勤め始めた私は、イシャーク・アザルヤード皇帝陛下にご挨拶にうかがった。その時に諸々の手配をしてくれたのが、文官のナジルだったのだ。

その頃の私たちはまだまだ若くて未熟。でも、希望と野心に満ち溢れていた。皇帝陛下に忠誠を誓い、共にアザルヤードを守っていこうと熱く語り合ったものだ。ナセル地方で反乱が起こった時も、私は前線で戦い、ナジルは文官として都を守ろうと誓い合って別れた。

それから数年。私はナセルとの戦いを終えて凱旋《がいせん》した。

そして今夜は、アザルヤードの山神に勝利の報告と感謝を捧げるための宴に参加することになっている。その宴の場で、私はナジルに再会できるはずだ。

『あなたのことをずっと想っていました。これからも共にアザルヤードを、そして皇帝陛下をお守りしたい。あなたと一緒なら、この命が尽きるまでずっと、同じ志を持って歩んでいける気がするのです』

ナジルに伝える言葉を何度も頭の中で反芻《はんすう》しながら、私は宴が行われる船に向かった。

数年ぶりに再会したナジル・サーダは、私の姿を見つけるなり、満面の笑みでこちらに駆け寄ってきた。

「アディラ！　無事で戻ったのか！」

「ナジル！　元気にしていた？　その年で第三宰相にまで上りつめたと聞いたわ。本当にあなたって素晴らしい。とても頑張ったのね」

「アディラこそ。戦地では次々に人を斬って戦果を上げたと聞いたよ。都ではみんな君のことを最恐の女戦士だと呼んでいる」

「嫌だわ。別に私はそんな……ナセルの兵は民衆の集まりなんだから、斬るわけにはいかない。致命傷は与えないようにちゃんと手加減したのよ」

「ははっ！　その台詞《せりふ》がすでに恐ろしいよ！　殺す直前まで傷めつけたってことだろう？」

「そんな言い方はやめて……それより、ナジルに大切な話があるの」

「ああ、僕もアディラに話があったんだ。ちょうどいい」

そう言って、私たちは船の停泊する内海のほとりを、二人で歩き始めた。

小雪がちらつく夜空の下で、ナジルはなぜか薄着のままだ。剣も盾も持っていないのに、その薄着姿が不思議と彼の武装に見えた。

今夜の宴は、内海に浮かべた船上で行われる。もう少しして夜空に月が昇ったら船を出して、アザルヤードの山々に近い場所まで移動するそうだ。

出航する時刻まで、あと少し。

それまでには、ナジルに自分の気持ちを伝えたい。そのための時間くらいなら十分にある。

「アディラ。宴には少し早いけど、酒を飲む？」

「まさかナジルったら、お酒を持ち歩いているの？」

「アディラも二十歳になっただろう？　みんなよりも一足先に君の成人を祝おうと思って持ってきたんだ」

私たちは砂浜に転がっていた岩の上に、並んで腰をかけた。

ナジルは懐から小さなガラス瓶を取り出し、私の目の前で蓋を開ける。

戦地では酒を飲む余裕などなかったから、これは私の人生初めての酒だ。私のためにわざわざ準備してくれたナジルの気持ちが嬉しくて、私は酒瓶を受け取ると一気にその酒をあおった。

初めての酒の味は意外と苦かった。

「実は……」

酒の苦さに口元を歪《ゆが》めた私に、ナジルが先に話を切り出す。

「何？　ナジル」

「……実は、イシャーク皇帝陛下の弟皇子たちの処刑が決まったんだ」

「え？　なんですって……⁉」

ここアザルヤードでは、皇位継承争いを避けるため、皇位につけなかった皇子は殺される運命にあった。

しかし現皇帝陛下イシャーク・アザルヤード様のお考えにより、この悪しき慣習は先代までで取りやめることにしていたはずだ。

「一体なぜそんなことに？　イシャーク陛下のご意思とは違うわ」

「ナセルでの反乱はおさまったものの、いつまた彼らの不満が再燃するか分からない。その時に弟皇子たちがナセルに担ぎ出されるのを防ぐためだそうだ」

「そんな……！　だって、まだ五歳や六歳の皇子もいらっしゃるのよ。そもそもイシャーク陛下が絶対にお許しにならないわ」

「僕だって止めたかった。でも僕はまだ第三宰相にすぎない。上に意見したところで無駄なんだ」

「でも……」

ナセルが再び反乱を起こし、アザルヤードに牙をむくことはあり得ない。

そのために私たちは命をかけ、傷だらけになって戦ったのだから。

「……そうだわ！　ファティマ皇妃様はナセルご出身じゃないの。何かあれば皇妃様が両国の和睦に努めてくれるはずよ。だから弟皇子様たちの命を奪う必要なんてない」

「ファティマ皇妃様はナセルに見捨てられたんだ。現にこうして人質同然でアザルヤードに嫁いできたにもかかわらず、それを無視して内戦は起きたじゃないか」

「それはそうだけど……」

ナジルに想いを伝えようと心に決めていたのに、それ以上に大変なことが起こってしまった。ここはいつものように私とナジルの二人で、イシャーク陛下のお気持ちを守ることを最優先に動かなければならない。

弟皇子たちを大切に思い、アザルヤードの悪しき慣習を廃止しようとした陛下のご意思を、なんとしてもお守りしなければならない。

「……アディラ。人はいつどんな理由で命を奪われるか分からない。僕は今回の件でそれがよく分かったんだ」

「まだ諦めないで、ナジル。弟皇子様たちはまだ命を奪われたわけじゃない。私たちが協力すればきっとお助けできるわ。今からでも陛下にお話しに行きましょう！」

「僕には力がない。今の僕にできることは少ない」

「そんなことないわ。私はあなたの力を信じてる。戦地にいる間も、私はずっとあなたのことを想って……」

「アディラ」

　弱気になったナジルに自分の気持ちを伝えようとした瞬間、彼は強い声でそれを遮《さえぎ》った。

「実は、僕は妻を迎えることにした。ずっと愛していた人が、やっと僕の妻になってくれるんだ」

「……ナジル？　どういうこと？」

　夜の闇に包まれていても分かるほどの満面の笑みを湛え、ナジルは私を見た。

　顔は笑っているにもかかわらず、彼の瞳の奥には私への苛立ちが見え隠れする。

（妻を迎える……？　ナジル、結婚するの？）

　目の前が真っ暗になった。

　都に戻ったらナジルに長年の恋心を伝えようと思って、厳しい戦いを生き抜いてきた。それなのに、まさか彼に想う女性がいたなんて。

「アディラ。僕は愛する人を妻に迎える。今はとても大事な時なんだ、下手には動けない」

「ナジル……ご結婚おめでとう。あなたの幸せは私にとっての幸せでもあるわ。でも、弟皇子たちの処刑のことは別で考えなければいけないと思う。私たちは二人で陛下に忠誠を誓った仲でしょう？」

「ごめん、アディラ。もう船が出る。僕は先に行くね」

「待って、ナジル！」

ナジルは私に背中を向けると、船のほうに向かって足早に歩き始める。

私も彼を追いたいのに、人生で初めての酒がきいたのか、体が思うように動かない。

必死で追いかけて手を伸ばし、ようやくナジルの右腕を掴む。上衣の袖を握った状態で足がもつれた私は、地面に倒れこんだ。

転んだ勢いで袖を強く引っ張ってしまい、ナジルの上衣がはだける。月明かりに照らされて、ナジルの右胸のあたりには獅子《ライオン》のような形の痣《あざ》が見えた。

男性の上半身など戦地でいくらでも見慣れているはずなのに、愛する人の体を見ることには羞恥を覚えた私は、慌てて彼から目を離す。

「ナジル、ごめんね……！　なんだか私、少し気分が悪くて」

「アディラ、酒に酔ったんだろう。気分が悪いなら船に乗らなくていいよ。ここで休んでいて」

「待って、ナジル。陛下に話しましょう、二人で一緒に……」

船の出発を知らせる声が、かすかに聞こえてくる。ナジルは私の腕を強引に振りほどくと、小雪の舞う道を船に向かって走り始めた。

岩のように重い足を一歩ずつ引きずりながら、私はナジルの背中に向かって何度も彼の名を呼んだ。

◇

「――待って！　行かないで！」

（ゴッッ！）

飛び起きた勢いで、私は何かに強く頭をぶつけた。

「痛ったぁぃ……！」

あまりの痛みに額を押さえて再び仰向けに倒れると、目の前に心配そうな顔で私を覗きこむ人がいる。カシム・タッバール様、アーキルの従者だ。

「目が覚めましたか？　リズワナ」

「はい……ここはどこですか？」

「城壁の外で乗った小舟《ゴンドラ》です。あなたは船酔いのせいでずっと寝ていたんですが、急に起き上がるから頭を舟にぶつけたんですよ。舟は無事かな？」

カシム様は舟の内壁にひびが入っていないか、念入りに確かめている。

（そこは舟より私の頭を心配するところじゃないの？）

しかしこの従者には、私が人買いの男をやっつける場面を見られている。私が怪力の持ち主であると知っているから、心配してくれないのだろう。

まあ、いい。私だって自分の頭よりも舟のほうが心配だ。

額を押さえたままもう一度ゆっくり体を起こすと、私とカシム様の乗った小舟《ゴンドラ》は宮殿の側に停められていた。

前後の小舟《ゴンドラ》からはたくさんの荷物が降ろされ、次々に宮殿の中へ運ばれていく。

向こうのほうを見ると、ザフラお姉様も騎士に付き添われ、行列に連なって歩いていた。

(ふう……ようやく目的地に到着したのね)

小舟《ゴンドラ》に揺られている間、前世の嫌な夢を見ていた気がする。

ナジルに酒を振舞われて内海のほとりに置いていかれた後、私はどうやって彼に追いついたんだろう。前世での最後の記憶は船上だったから、恐らく私も船の出航には間に合ったはずだ。

たとえ今世で結ばれなくても、来世ではあなたの妻になりたい——船の上でそう強く願ったところまでは記憶にある。

当時の出来事は忘れてしまいたいような忘れたくないような、そんな複雑な気持ちだけれど、最後に会ったナジルの姿は私の心に引っかかって離れてくれない。

いつも真面目で朗らかで、弱音を吐く私に前を向くように励ましてくれたナジル。

そんな彼が珍しく落ちこんで弱気になっていたというのに、あの時の私には何もできなかった。

己の弱さに打ちのめされて自暴自棄《じぼうじき》になったナジルの姿が憐れで、今でもこうして時々夢に見る。

「リズワナ？　大丈夫ですか？」

呆けていた私にかけられたカシム様の声で、私はハッと我に返った。

「申し訳ありません、カシム様。どうも私は乗り物に弱いみたいで。これまでほとんどバラシュを出たことがなかったので慣れないのかもしれません」

「そうですか。あなたにもそんな弱みがあったのですね。船酔いはいつから？」

「ずっと前からですね……うっ、吐きそう」

「おっと、無理しないように。宮殿の裏には湖があって、船に乗って神事を行うこともあるんですが……船酔いする寵姫とは心配ですね。とりあえず早く小舟《ゴンドラ》から降りましょう。お手をどうぞ」

カシム様が先に舟から下り、膝をついて私に手を差し出す。

彼の言葉に甘えて、私も小舟《ゴンドラ》の中から手を伸ばした。

けれど。

「――リズワナ、何をしている」

伸ばした私の手を取ったのは、カシム様ではなくアーキルだった。

アーキルはカシム様をどかせると、彼の代わりに私の手を引く。そしてそのまま私の体をふんわりと抱き上げた。

急に高さの変わった視界と船酔いの気持ち悪さで声も出せず、私はアーキルに体を預ける。

「アーキル様。そのままリズワナを手元に置くおつもりですか?」

「カシム、なぜそんなことを聞く? 俺の手元に置くためにわざわざバラシュから連れてきたんだ」

「しかし、それならばまずファイルーズ様のご了解を得るべきでは?」

ファイルーズという名を聞いて、アーキルの口元がピクリと動く。

(ファイルーズ様って……女の人の名前かしら。確か、ナセル地方に多い名前のはずだけど)

カシム様の問いには答えないまま、アーキルは私を連れて宮殿に続く階段を登っていく。だだっ広い広場を抜け、宮殿の門をくぐり、庭園に入った。

時折すれ違う女官たちが私の姿を見て驚きの声を上げるのが、なんとも恥ずかしい。

いきなり現れたどこの馬の骨とも知れない娘が皇子に抱かれているのだから、皆が驚くのは当然だ。

（船酔いもおさまってきたことだし、そろそろ自分の足で歩きたいのに……）

周囲の視線を避けるように、私は身をよじった。

するとアーキルが私の困り顔を見て鼻で笑う。

「……なぜ笑うのですか？　自分で歩けますから下ろしてください」

「もう少しで着く。下ろすのも面倒だからこのままいくぞ」

「慣れないんですよ。誰かに助けてもらうとか、ましてや抱きかかえてもらったことなんて一度もないので……」

なんと言っても、私の前世は最恐の女戦士アディラ・シュルバジー。物心ついてから男性に抱きかかえられたことなんて一度もない。

むしろ私のほうが屈強な男性兵士たちを背負い、支え、時には抱きかかえて戦地を走ったものだ。

リズワナ・ハイヤートとして今世に生まれ変わった後だって、似たようなものだった。

お父様に抱っこしてもらったことなど一度もないし、私を愛して育ててくれたはずのお母様は物心つく前に亡くなったから記憶がない。

こうして他人に抱きかかえられるなんて初めての経験なのだ。

こそばゆくて恥ずかしくて、心臓が破裂しそうなほど早鐘を打っている。

（アーキルが、ナジル・サーダの生まれ変わりかもしれないと思うと……）

火照る頬を両手で押さえてアーキルの顔を見上げてみるが、彼はいつも通りの涼しい顔で口元だけ笑っている。

「兄上！　おかえりなさい！」

どこからか、アーキルに可愛らしい声がかけられた。

声のしたほうを見ると、回廊から庭園に飛び出して満面の笑みで走ってくる小さな男の子が見える。

「ラーミウ、いい子にしていたか」

「はい、兄上！　その方はどなたですか？」

ラーミウと呼ばれた男の子が側まで来ると、アーキルはゆっくりと私を地面に下ろした。そしてその代わりに、男の子をひょいと抱き上げる。

「ラーミウ、これは誰だと思う？」

「うーんと、ものすごくかわいいから、女神ハワリーンさまですか？」

「ははっ！　確かにそうだな」

冷徹皇子の名とは裏腹に、男の子を見つめるアーキルの瑠璃《るり》色の瞳はとても優しい。

兄上と呼んでいるからには、この子はアーキルの弟皇子なのだろう。アーキルとは異なる金色の髪をした、五歳くらいの子だ。

「ハワリーンさま、僕はラーミウ・イブン＝ラシードです」

「ラーミウ殿下、ご挨拶が遅れました。私は女神ハワリーンではなく、リズワナと申します」

私はその場に跪《ひざまず》いて頭を下げ、ラーミウ殿下の服の裾を持って軽く口付ける。これは古代アザルヤードの時代から伝わる、皇家の方への正式な挨拶だ。

バラシュの田舎娘にしては、堂々と接しすぎだろうか。

私は前世で皇帝陛下に直接お仕えしていた身なので、こういう場には慣れている。

しかしごく普通の田舎娘ならば、皇子を前にして挨拶をするどころか、緊張のあまり失神してしまうかもしれない。

なんと言っても、アザリムの皇子を二人も同時に目の前にしているのだから。

(緊張した雰囲気を出さないと、怪しまれるかしら)

私はどう振舞ったらいいのかとまどいながら立ち上がる。そしてラーミウ殿下にとりあえず微笑んだ。

「ねえ、リズワナ。その猫にさわってもいい？」

ラーミウ殿下が指差した先には、白猫のルサードがウロウロと歩き回っている。

空を見上げると、まだ日は高い。今ならルサードが白獅子《ホワイトライオン》に変化する心配もないから、少しくらいラーミウ殿下にお預けしても問題ないだろう。

私は歩き回るルサードをつかまえて抱き上げ、ラーミウ殿下と目線を合わせるようにしゃがんだ。殿下の瞳はアーキルと同じ瑠璃《るり》色だ。

「ラーミウ殿下、この子と遊んでくださいますか？　この子の名前はルサードと言います」

「ルサード！　かっこいい名前！　僕、お庭で遊んでくるね」

庭園の木々の間を縫《ぬ》ってきゃっきゃっと声を上げながら、ラーミウ殿下はルサードをつかまえようと追いかける。その後ろではラーミウ殿下の侍女たちが血相を変えて走り回っている。

侍女たちはラーミウ殿下が転んで怪我でもしたらと、気が気でないのだろう。ルサードも手加減してあげればいいのに、本気でラーミウ殿下から逃げ回っている。

幼い子どもの無邪気で屈託のない笑顔は人を幸せな気持ちにさせるものだ。ラーミウ殿下を見ているうちに、いつの間にかこちらまで笑顔になった。

「もう気分は大丈夫か？　リズワナ」

「はい、だいぶ吐き気はおさまってきました」

「そうか。あれはラーミウと言って、俺の弟。第二皇子だ」

「やはりそうですか。瞳の色がアーキルと同じです。可愛らしいですね」

私たちは二人で並んで立ち、楽しそうなラーミウ殿下の姿を目で追った。

このアザリムでは、皇帝の代替わりの際に兄弟皇子たちは殺される運命だ。第一皇子であるアーキルが即位すれば、弟皇子であるラーミウ殿下は無条件に命を奪われることになる。

（冷徹皇子と言われるアーキルが、こんなに優しい目でラーミウ殿下を見守っているというのに……）

可愛らしい皇子が命を奪われてしまうなど、あってはならないことだ。

弟のことが可愛くてたまらないといった様子のアーキルの顔を横目で見ながら、私は先ほど小舟《ゴンドラ》の中で夢に出てきた前世の出来事を思い起こした。

前世でお仕えしたイシャーク・アザルヤード皇帝陛下は、兄弟皇子を殺すという悪しき慣習をなくそうと動いていた。けれど、あれから数百年経った今でもその慣習は変わっていない。

『アディラ。私が皇帝である限り、兄弟を手にかけることなど絶対に許さない。そして願わくは私の子も孫も、アザルヤードが続く限り、私のこの意志が引き継がれんことを――』

ことあるたびにイシャーク陛下から聞かされた、その言葉。

アザルヤードは時を経てアザリムに名を変えたが、私は今もイシャーク陛下の意志は守られるべきだと思っている。

数百年前のあの日、船の上で途切れている私の記憶の後に、一体何が起こったんだろうか。

あの時代にはまだ紙は貴重で一部にしか出回っていなかったから、イシャーク陛下の時代の歴史は今の時代には書物としてはほとんど伝わっていない。それこそルサードが語ってくれるような口頭伝承での昔話くらいしか、あの頃のことを知る術《すべ》はない。

(あの日船上で何があったのか、せめてもう少し記憶が残っていれば……)

ようやくルサードに追いついて芝生の上でじゃれているラーミウ殿下を見ていると、前世で悪しき慣習を止められなかった自分が不甲斐なく思えて、私は眉をひそめた。

アーキルが本当にナジル・サーダの生まれ変わりなら、ラーミウ殿下のことはどう考えているのだろう。自らが帝位に就くためなら弟皇子の犠牲は仕方ない、とでも考えるだろうか。

愛する人を手に入れるために、弟皇子たちの命を守るのを諦めたナジルのように。

私の表情が暗くなったことに気付いたのか、アーキルが私の腕を引いた。

「ルサードは後から侍女に連れてこさせよう。行くぞ、歩けるか？」

「はい。自分で歩けます」

「宮殿の中を案内する。お前もしばらく後宮《ここ》で過ごしてもらうことになるからな」

獲物を狙う蛇のような鋭い視線で私に目配せをすると、アーキルは庭園に背を向けて歩き始めた。私も急いで追いついて、アーキルの数歩後ろに続く。

いくつもの庭園の間を進むと、鮮やかな青色のタイルで作られた大きな建物が目の前に現れた。タイルで描かれた模様と飾り窓の組み合わせはとても美しい。古代アザルヤードの時代から、この宮殿の青色は変わらずに後世に伝わっている。

「アーキル。後宮《ハレム》というのは、随分と広くて建物もたくさんあるのですね」

「これでも狭いほうだ。皇帝陛下の後宮《ハレム》はこの五倍はある」

「ごっ、五倍⁉」

青いタイル張りの建物の階段を上りながら、私は思わず振り返って後宮《ハレム》全体を見渡した。小舟《ゴンドラ》を降りた場所は随分と遠く、もはやここからでは点のようにしか見えない。

皇帝陛下の後宮《ハレム》はこの五倍だなんて。後宮《ハレム》周辺の見張りだけでも想像を絶する人数の騎士が必要なのではないだろうか。

「陛下の後宮《ハレム》には妃も側女《そばめ》も山ほどいるから、五倍あっても足りないらしい。俺も元はそこで過ごして、十五になってこの小宮を与えられた」

「十五になるまではアーキルも皇帝陛下の後宮《ハレム》に……あれ、それではラーミウ殿下は？　まだお小さいのになぜここに？」

「ラーミウの母はすでに亡い。陛下の後宮《ハレム》にラーミウを一人残しておくのは危ないからな。ここで共に暮らすことにした」

二階の回廊の手すりに両腕を預けて、アーキルは庭園にいるラーミウ殿下の姿を目で追った。ラーミウ殿下のことを心配しているアーキルの瞳は、やはり優しさに満ちている。

（わざわざラーミウ殿下を自分の小宮に連れてくるなんて……）

女同士の嫉妬《しっと》渦《うず》巻《ま》く後宮《ハレム》に、大切な弟を残したままにするのが嫌だったのだろうか。アーキルの様子を見るに、弟のことを大切に思っているという言葉では足りず、溺愛していると言ったほうが近いかもしれない。

（アーキルは本当にナジルの生まれ変わりなのかしら。それよりもむしろ……）

私の頭に、ナジルではない、別の御方――前世の私の主君であったイシャーク・アザルヤード陛下のお顔が浮かぶ。

（アーキルはイシャーク陛下の生まれ変わりだと言われたほうがしっくりくるかもしれないわ）

と、そこまで考えて、私は首を横に振って打ち消した。

イシャーク陛下は私が命をかけてお守りすると決めた絶対的君主。もしもアーキルがイシャーク陛下であるなら、こんな気安く会話できるような相手ではない。

毎夜イシャーク陛下と二人きりで過ごすことになるなんて、恐れ多くて絶対にお断りだ。

階段の踊り場から、アーキルの顔を見上げてみる。

午後の爽やかな風に吹かれて、アーキルの着崩した衣の間からは、獅子《ライオン》の形の痣《あざ》が見え隠れしていた。

◇

「ねえ、ルサード」

「……シャーッ！　ウゥゥ」

「怒ってる？　私があなたをラーミウ殿下のもとに置いていったから怒ってるのね？」

「グルウウゥ」

時はすでに夕刻。

アーキルに連れてこられた後宮《ハレム》の一室で、ルサードは書棚の下に潜りこんでふてくされている。

ラーミウ殿下とひとしきり遊んで戻ってきた時、ルサードは白くてふさふさの毛を飾り紐でくくられていた。

ラーミウ殿下の仕業だろう。頭の上に可愛らしい飾りを付けた状態で、侍女の腕に抱かれて部屋に戻ってきたルサードは、なんとも言えない表情で脱力していた。その姿を見て、私はついつい声を上げて笑ってしまった。

まるで頭の上に小さな箒《ほうき》でも載せているみたいだ。これでは可愛らしすぎて、白獅子《ホワイトライオン》としての威厳もへったくれもない。

ルサードは、私が笑ったことが気に入らなかったと見えて、部屋に入るや否や、こうして拗《す》ねて隠れてしまったのだ。

膝を突いて書棚の下を覗きこむと、ルサードはぷいっとそっぽを向く。その勢いで飾り紐に付けられた鈴がシャランとなった。

「ぷっ……見れば見るほどとっても可愛いわよ。ルサード」

「シャアァッ」

「ねえ、そろそろ機嫌を直して出てきてくれない？　このまま夜になって獅子《ライオン》の姿に変わったら、きっと棚がひっくり返ってしまうと思うの」

「グルウゥ」

「……そのままそこに居座る気なら、棚のほうを移動させるわよ」

たくさんの本が並ぶ重そうな書棚も、私の腕にかかれば動かすことなど容易い。

私の言葉に観念したルサードは渋々書棚の下から這《は》い出すと、私の指をガリッと甘噛みした。「早くこの飾り紐を外せ」という無言の訴えだ。

（残念。飾り紐を付けた獅子《ライオン》姿を見たかったのに）

ルサードを抱き上げた私は、寝台の上に腰かけて飾り紐を解こうと指をかけた。

後宮《ハレム》に入った後、私は浴場に連れていかれ、身ぐるみはがされて綺麗に洗われた。その挙句に体中に香油を塗りたくられ、豪華な寝衣まで着せられている。

恐らく今、後宮《ハレム》にいる全員が勘違いしているのだろう。

私が、アーキルが自ら選んで連れ帰った寵姫であると。

（なんだか本格的に、他にお嫁にいけない状況になりそうだわ）

私は自分が着せられた艶めかしい寝衣を見て、ため息をついた。

「アーキルからここで待つように言われたの。夜になる前には戻ってくるからって。ここがアーキルの部屋なのね……あっ、じっとしてて。ルサード」

「にゃぁ」

「今晩もアーキルに神話を語り聞かせなければいけないみたい。バラシュの天幕では、話の途中で眠ってしまったものね。アーキルはあの神話の続きを聞きたいと言うかしら」

「……」

ルサードは鳴き声で返事をするのをやめ、視線を部屋の扉のほうに向ける。

しばらく扉のほうを見ていると、両開きの扉が勢いよく開いた。

「リズワナ」

入ってきたのは、ターバンを外し、薄い寝衣をまとったアーキルだった。

◇

「……で、この前のお話の続きをお聞きになりたいですか？」

まだ日が沈んだばかりだというのに、アーキルはすでに眠る気満々だ。

部屋に敷かれた絨毯《じゅうたん》の上に寝転び、なぜか私の膝に頭を乗せ、時折半身を起こして
は食べ物をつまんだり、酒を飲んだり。

何年も引きこもり生活をしていた私だって、日々をここまで怠惰《たいだ》に過ごしたことは
ない。皇子とはいいご身分ね、と内心呆れながら、私も自分のグラスに手を伸ばした。

目の前にあった瓶を傾けて、グラスに注ぐ。

するとアーキルが私の手首を掴み、それを制止した。

「リズワナには、酒はまだ早い」

「ああ、これはお酒だったのですね。ではやめておきます」

前世のあなたに振舞われたお酒のせいで、いい思い出がないのですよ……とは言う
まい。

「それで、どうなさるんですか？　まだ月も昇らぬうちから眠るのは少し早い気もし

ますけど」

「そうだな。この前の話の続きも気になるが……お前の前世の話を聞かせてくれ。前世を覚えているんだろう？」

「前世の話ですか。まあ、そうですね。私は人間ではなくランプの魔人なので、前世の記憶を持っていても不思議ではないんですよ。前世の話、前世の話……何を語りましょうか」

嘘をついている気まずさで、ついつい無駄に言葉数が多くなる。

「お前が前世で愛した男の話を聞かせろ」

アーキルが、膝の上から私の顔を見上げた。

（私が愛した男って……ナジルのことを聞きたいの？）

前世で私が想いを寄せていたナジル・サーダの生まれ変わりかもしれない人が、彼の話を聞きたいと言っている。

（ナジルのことを話したら、アーキルにも前世の記憶が蘇《よみがえ》ったりするかしら）

そんな小さな期待が私の心に灯る。

それに、私はどうもこの瑠璃《るり》色の瞳に弱い。

この瞳に見つめられると、胸の奥がぎゅうっと締め付けられるような気がして、彼の望みを叶えてあげたいという気持ちが湧き上がってくる。

（この不思議な気持ち……やっぱりアーキルはナジルの生まれ変わりなのかもしれない）

どこか懐かしい気持ちにさせる瑠璃《るり》色の瞳に誘われるように、私は口を開いた。

「……私が前世で愛した人は、ナジル・サーダと言います。ずっとずっと昔、ここアザリムがまだアザルヤードという名前の国だった頃の話です」

「ナジル・サーダ……か」

アーキルは私が口にしたナジルの名を呟きながら、酒の盃《さかずき》を口にする。

（思い出してほしいのよ。前世で私と過ごした日々を）

「ナジルは文官、私は武官として、時の皇帝イシャーク・アザルヤード陛下にお仕えしていました。ナジルはとても穏やかで真面目で……」

「穏やかで真面目な男など、掃いて捨てるほどいると言っただろう。その男のどこがそんなに気に入ったんだ？」

「私たちはずっと同じ目標に向かって切磋琢磨《せっさたくま》してきた仲間でした。この人とならずっと共に走っていけると思ったんです。お互いに足りないものを補い合いながら、二人で力を合わせて陛下のために尽くせると……」

（二人でイシャーク陛下のために尽くせると信じていた、けれど――）

彼には私の他に愛する女性がいました、と口にしようとしたところで言葉に詰まる。

鼻の奥がツンとして、これ以上言うと涙が溢れそうな気がした。

アーキルはそんな私の気持ちを察してか、私の膝から頭を下ろして起き上がる。真正面に胡坐《あぐら》をかいて座ると、私の顔を覗きこんだ。

「それで、そのナジル・サーダを探し出してお前はどうするんだ？」

「それは……前世では私の気持ちを彼に伝えることができなかったんです。だから、今世でもう一度出会えたら、今度こそ私の気持ちを伝えたいって思って……」

「なるほど。好いていたのにそれを伝えられなかったから、前世の記憶を持ったまま生まれ変わったということか。お前もなかなかしつこい女だ」

（しつこいなんて……ひどいわ）

私のこの願いは、アーキルにとっては馬鹿馬鹿しいことかもしれない。鼻で笑われる覚悟で、私は恐る恐るアーキルと視線を合わせた。

すると、アーキルは意外にも真剣な顔で私の話を聞いている。

「……そうか。分かった」

「ん？　アーキル、何が分かったのですか？」

アーキルは突然立ち上がったかと思うと、身にまとっていた寝衣を脱ぎ始めた。一体何ごとかと驚く私の前で上半身裸になり、寝衣を寝台の上に投げたかと思うと、もう一度私の目の前にドスンと座る。

そして、右胸にある獅子《ライオン》の痣《あざ》を私に向けた。

「急にどうしたのですか⁉」

「お前がそこまで言うなら聞いてやろう」

「……え？　何を？」

「俺がそのナジル・サーダという男の生まれ変わりかもしれないんだろう？　お前の気持ちを今ここで伝えてみろ」

アーキルに言われたことが理解できず、私は目をしばたたかせた。

「私の気持ちを、伝える？」

「そうだ。俺をそのナジルだと思えばいい。胸に同じ痣《あざ》があるんだろう？」

「……なぜそんなことを仰《おっしゃ》るのですか？　アーキルも前世を思い出したのですか？」

「俺には前世の記憶なんてないさ。生まれ変わってもその男のことを忘れられないほどの心残りがあるのなら、俺が代わりにお前の気持ちを聞いてやると言っているだけだ。一度すべて吐き出せばすっきりするんじゃないか？」

アーキルは真面目な顔をして、姿勢を正す。

（アーキルったら、きっとお酒で酔っ払っているのね）

意味の分からない提案だが、アーキルの右胸の痣《あざ》を見ていると、アーキルがナジルの生まれ変わりだというのが真実のように思えてきた。

「ふふっ、じゃあお言葉に甘えて。私の告白を聞いてくれますか？」

「ああ、思いの丈《たけ》をぶつけてみろ。俺は今世のナジル・サーダだ」

「じゃあ、いきますよ」

私は一度目を閉じて、ふっと息を吐いた。

前世でのナジルとの思い出を、頭の中に巡らせる。

すぐに頭に血が上る性質《たち》だった私を、いつも穏やかな笑顔で支えてくれた人。イシャーク陛下のために、共に全力を尽くせる最高の同志。

「……ナジル。私はあなたのことをずっとずっと好きでした。激しい戦いに身を投じている時も、あなたとの未来を想像して気持ちを奮《ふる》い立たせたわ。あなたとなら死ぬまでずっと同じ志を持って歩んでいける気がしていたの。私の……アディラ・シュルバジーの人生に、こんな感情をくれて本当にありがとう」

アーキルの瑠璃《るり》色の瞳に向けて、ニッコリと微笑む。

真正面に座って私の告白を聞いたアーキルも、少し照れたように笑った。

今のアーキルに対する告白ではないのに、こんな表情をされたら、私のほうも気恥ずかしい。

ずっと言いたかった言葉を口にしたからか、私の心から数百年前の気持ちが堰《せき》を切ったようにあふれ出してくる。

アーキルは何も言わずに私の言葉に頷いている。私のあふれる気持ちをもう少し語っても許してもらえるだろうか。

「もしも再びナジルに会えたら、今度こそ気持ちを伝えたいと願ってた。私はあなたのことをずっと愛していました。今世では私のこと、好きになってくれる？」

ああ、言ってしまった。

アディラの記憶と共にずっと心の奥に抱えていた、自分の気持ちを全部。

リズワナ・ハイヤートとして生まれ変わってからも、前世の恋にがんじがらめにとらわれたままで苦しかった。

これで、私もリズワナとしての新たな一歩を踏み出せるだろうか。

（アーキルの言った通り、なんだかすっきりしたわ）

たとえナジルの返事はなくても、こうして秘めた想いを口にしたことで、一区切りつけられたような気がする。

御礼を伝えようともう一度アーキルの顔を見ると、彼は自分の口を押さえて私から目を逸らした。

「あれっ？　ごめんなさい、アーキル。さすがにちょっとやりすぎたかもしれません」

「……いや、いい」

「もしかしてアーキル……照れてますか？」

「……」

アーキルは無言のまま、酒の入ったグラスを呷《あお》る。

血も涙もない冷徹皇子と言われるアーキルが、私からナジルへの告白を聞いて、顔を赤らめて照れているなんて。

こんな顔をされたら、告白した本人である私のほうがよほど恥ずかしい。

今までにない気まずい雰囲気に、私は熱くなった頬に両手を当て、アーキルから視線を離し項垂《うなだ》れた。

◇

ここ第一皇子の後宮《ハレム》では、一体どれくらいの人々が暮らしているのだろう。

アーキルの部屋で一夜を過ごした私は、若い女官に連れられて別の部屋に案内された。途中で何人もの女官とすれ違ったが、私を見ると皆が端に寄って頭を下げる。

ここはアーキルの後宮《ハレム》だから、ここに暮らす女はすべてアーキルのもの。数多いる女官の一人にすぎなくても、一度アーキルの目に止まれば、側女《そばめ》に昇格することだってできる。

私が今朝すれ違った女官の中で、明日突然アーキルの側女《そばめ》になる者がいても不思議ではない。実際にザフラお姉様も、それを目論《もくろ》んで後宮《ハレム》の女官となった。

不眠の呪いにかかったアーキルを眠らせることができるのは、今のところ私だけだ。

しかし、いつか彼の呪いが解けた暁には、アーキルも今の皇帝陛下のように、大勢の妃や側女《そばめ》を侍《はべ》らせることになるのだろう。

（そして多くの皇子や皇女たちが、未来の帝位を巡って命の奪い合いをするんだわ）

ふとラーミウ殿下の顔が頭に浮かび、背筋がぶるっと震えた。

私のために準備されたという部屋に入り、着替えを終えて一息ついたところで、誰かが部屋の扉を開けて入ってきた。

厳しい表情をした年配の女性と、その後ろにもう一人。

「着替えは終わりましたか？」

「はい、終わりましたが……」

「私はこの後宮《ハレム》の女官長を務めるダーニャです」

年配の女性は持っていた杖を後ろにいた若い女官に手渡すと、体の前で両手を組んで私を冷たい視線で睨《にら》みつけた。

私も立ち上がって彼女と向き合ったのだが……

（あれ？　後ろにいる女官は、ザフラお姉様じゃないの）

ダーニャから杖を渡されたのは、女官服に着替えたザフラお姉様だった。

お姉様が何か私に関するよからぬことを、女官長に吹きこんだのだろうか。女官長の表情には明らかに、私に対する敵意が滲《にじ》んでいる。

「ダーニャ様。私はリズワナと申します。バラシュでアーキルに会って、ご縁があってこの後宮《ハレム》に参りまして……」

「言葉遣いには気を付けなさい、リズワナ！　アーキル殿下とお呼びするように。さあ、準備はよろしいですか？　ファイルーズ様のもとに参ります」

「ファイルーズ様？」

ファイルーズという名前は、確か昨日も耳にした。ナセルに多い女性の名前だ。

アーキルの従者のカシム様がその名を口にした時、アーキルが不機嫌になったような気がするのだが……

「後宮《ハレム》はファイルーズ様のご管轄。後宮《ハレム》にあなたを受け入れるかどうかを決めるのはファイルーズ様です。まずはご挨拶と検査をしますから付いてきなさい」

「検査って……なんの検査でしょうか」

「ファイルーズ様と医女が、全身くまなく確認するのです」

「ええっ!?　それは無理です！」

「何を今さら。後宮《ハレム》に入りたいなら当然ですよ」

そんなに痩せて……とブツブツ言いながら、女官長ダーニャは私の腕や首を撫でまわした。まるで、品定めでもするように。

背中にゾクッと悪寒が走り、私は一歩下がってダーニャから離れる。

「そんな華奢《きゃしゃ》な体でやっていけるのかしら？　それに、なぜ腰にランプなんてぶら下げているの？」

「あっ、これは……やむを得ずで」

「おかしな娘だこと。それにしても、御子でもなそうものなら死んでしまいそうなほど弱に見えるわ。ねえ、ザフラ。あなたの言った通りね」

「そうなんですよ！　この娘はとても体が弱くて、外を歩くことすらままならない引きこもりです。皇子様の後宮《ハレム》にはふさわしくありません！」

（やっぱりお姉様が、ダーニャに何か吹きこんだのね）

ザフラお姉様は得意気な笑顔でこちらを見ている。

「お言葉ですが、私が御子をなすことはありません。だから検査も不要です」

「いいから付いてきなさい。ファイルーズ様をお待たせするつもりですか？」

ダーニャはザフラお姉様に預けていた杖を取ると、私にその杖の先を向けた。

言うことを聞かない者は、力で抑えつける。後宮《ハレム》の掟は随分と乱暴だ。

（女の園って、どこもこんな感じなの……？　ハイヤート家でお姉様たちにいびられ

るのと、何も変わらないのね）

ルサードは毛を逆立ててダーニャを威嚇《いかく》するが、昨日ラーミウ殿下に付けられた飾り紐が、中途半端に頭にくっ付いたままになっている。

いけないと分かっていながらもそのちぐはぐさが可笑しくて、ついついぷっと吹き出してしまった。

「リズワナ。今、何を笑ったのです？　本当に失礼な娘だわ。杖で叩いたら骨の一本や二本折れそうね！」

「え⁉　ダーニャ様、暴力はちょっと……」

慌てて真面目な表情を作るが、ダーニャの苛立ちはおさまらない。

そのまま杖を振り上げたかと思うと、思い切り殴りかかってきた。

「……きゃあっ！」

思わず悲鳴を上げた私の頭上でバキッと大きな音がして、折れてしまった。

私の骨ではなく、杖の方が。

「えっ……リズワナ、何をしたの……？」

「誤解しないでください！　私はただ腕で杖を受けただけで……」

「それで杖が折れるわけないでしょう！　何か武器でも隠し持っているの？　それとも魔道具？」

「とんでもない！　武器なんて持っていません。元々杖が少し古かったのではないですか……？」

「そんなわけがないわ！　何をしているの、ザフラ。早くリズワナを取り押さえなさい！」

後ろに控えていたザフラお姉様が、慌てて私に飛びかかってくる。

「ちょっと待ってください！　ダーニャ様、話せば分かります！」

「観念しなさい、リズワナ。ファイルーズ様のところに連れていきます。武器を隠していないか、皆の前で調べてもらいます。ザフラ、早くなさい！」

「でも私は、この部屋で過ごすようにとアーキルに言われて……！」

「アーキル殿下とお呼びしなさいと言っているでしょう！　この田舎娘が！」

ダーニャの声が響き渡る中、ザフラお姉様は恐ろしい形相で追いかけてくる。私はお姉様の腕をすり抜けて、寝台やテーブルの間を飛び回ってかわした。

（なぜこんな狭い部屋で追いかけっこしなければいけないのよ……！）

しかし、蝶よ花よと甘やかされて育てられたザフラお姉様と、前世最恐女戦士の私。この勝負は始まる前からついているも同然だ。

案の定すぐに息が切れて動けなくなったお姉様は、疲れて床に倒れこんだ。

するとこの状況に苛立ったダーニャが、先ほど折れてしまった杖を拾って私を睨《にら》みつける。

そのままダーニャはお姉様を押しのけて、窓際の壁に張り付いた私に向かって杖を思い切り振り被った。

（まさか、杖を投げつける気なの⁉）

そう思った次の瞬間にはもう、杖は私に向かって空を切って飛んできていた。

杖を避けようか、避けまいか。

このまま杖が顔に当たって怪我をするのは癪《しゃく》にさわるし、かといって杖をはじき飛ばしたら魔法を使ったのかと疑われて面倒だ。

一瞬迷った後、私は壁に背中を付けたまま、少しだけ顔をずらして杖を避けた。

ガシャンという大きな音と共に、私の顔の横で玻璃窓《ガラスまど》が粉々に割れる。

破片が私の頬をかすめ、右頬に小さな傷を作った。

血がつうっと顎《あご》まで流れていくのを感じる。

（高そうな玻璃《ガラス》なのに……！　もったいないわ）

割れた窓の向こうを覗くと、そこは茂みになっていて誰もいない。怪我人が私一人で済んだことだけは幸いだ。私は胸をなでおろした。

「ああ、玻璃《ガラス》が……！」

感情に任せて杖を投げたダーニャも、玻璃《ガラス》が割れてようやく自分のしたことの重大さに気付いたらしい。青い顔をして口元を引きつらせている。

(皇子が連れてきた娘の顔に傷を付けたなんて知られたら、処刑されたっておかしくないもの。焦るわよね)

これでダーニャもザフラお姉様も、少しは落ち着いてくれるだろうか。しかし、そう思ったのも束の間。

ようやく静かになった部屋の中で、ルサードの鳴き声が地を這《は》った。

「グルゥゥ……」

「あっ！　駄目よルサード。落ち着いて」

毛を逆立ててダーニャとザフラお姉様を威嚇《いかく》するルサードを止めようと、手を伸ばしたが、遅かった。ルサードはあっという間に家具の上に飛び乗って、そこから二人に向かって爪を立てて飛びかかる。

「きゃあああっ！　なんなのこの猫！」

「シャアァァッ！」

「ルサード、やめなさい！」

部屋を飛び回るルサード、慌てふためく二人。

新たに始まったルサードとの追いかけっこのせいで寝台の敷布は引き剥がされ、テーブルの上のランプや籠は床に散らばり、狭い部屋は嵐の後のようにぐちゃぐちゃだ。

二人の顔はルサードの爪で引っ掻かれ、頬にお揃いの傷ができている。ルサードを止めようと一歩踏み出したところで、騒ぎを聞きつけた人たちが部屋の入口に集まってきた。

「騒いでいるのは誰だ！　ここはアーキル殿下の後宮《ハレム》だぞ！」

（ああ……後宮《ハレム》に到着してすぐこんな大騒ぎを起こすなんて）

私と女官長ダーニャ、そしてザフラお姉様は、駆け付けた宦官長《かんがんちょう》に連れられて後宮《ハレム》の別の部屋に移された。

連れてこられたのは、私の部屋とは比べ物にならない程広くて豪華な部屋だった。部屋の中に一段高く作られている壇では、着飾った美しい女性が何人も集まって話しこんでいる。

私たちが中に入ると、彼女たちは一斉にこちらを見た。新入りの女だとすぐに分かったのだろう。私の頭から足先まで、視線が動く。

田舎街のバラシュでは決して見ることのない美しいドレスに宝石類、むせかえるような化粧とお香の匂い。慣れないものに囲まれて、なんだか頭がクラクラしてきた。

（これが、本物の女の園なのね）

私をここまで引っ張ってきた宦官長《かんがんちょう》は、私を絨毯《じゅうたん》の上に思い切り突き飛ばした。

正直に言うと、突き飛ばされたところで痛くもかゆくもないのだが、とりあえずか弱い女を装って、絨毯《じゅうたん》に大げさに倒れこんでみる。

「リズワナ！　お前は女官長に何をしたんだ！」

大声を上げる宦官長《かんがんちょう》は、ブルハンという名前らしい。

頭に巻いたターバンには大きな宝石が飾られていて、そこそこの身分であることが分かる。嫌な人に目を付けられてしまったようだ。

「ブルハン様！　このリズワナという娘が、自分の猫に私とダーニャ様を襲わせたのです」

引っかき傷のついた頬をブルハンに見せながら、ザフラお姉様はポロポロと涙をこぼす。これはきっと、皆の前で私を悪者にして後宮《ハレム》から追い出そうという考えなのだろう。

（もしも、私がこのまま後宮《ハレム》を追い出されたらどうなるんだろう？）

ずっと目の敵にしていた私が目の前から消えれば、きっとザフラお姉様の気持ちは晴れる。それに私の方だって、おかしなランプの魔人のフリをしなくても済む。

（でも、私がいなければアーキルは眠れない。最初は彼がナジルの生まれ変わりなのかどうかを確かめようと思ってここまで来たけれど……）

昨晩、私の告白を聞いて顔を赤らめたアーキルを思い出すと、私の胸はぎゅっと締め付けられる。少しずつだが確かに、私はアーキルのことが気になり始めている。

彼はきっとナジルの生まれ変わりに違いないと、信じ始めている自分がいる。

（せっかくここまで来たのだし、まだ後宮《ハレム》を追い出されたくないわ）

宦官長《かんがんちょう》と女官長がワイワイと何か喋《しゃべ》っているのを無視して、私は絨毯《じゅうたん》の上で倒れこんだまま考えを巡らせた。

もしも私がいなくなったら、アーキルはどうなるだろうか。

逃げたランプの魔人など信頼するに足らない存在だ。きっと彼はまた、別の方法で不眠の呪いを解こうとするだろう。

アーキルの目的は、自分にかけられた呪いを解くことだ。何もそのために、偶然出会っただけの私に固執する必要はない。

ナセルの魔道具の中には呪いを解けるものがあるかもしれないし、いっそのことアーキル自身がナセルに行けば解決するかもしれない。「魔法の国」のナセルになら、解呪魔法を使える者がいるかもしれないのだ。

私がいなくたって、きっとアーキルは困らない。

（でも、もしもアーキルが私を必要としなくなったとしたら、私はちょっと寂しいわ……）

「……リズワナ！　何をボーッとしているの。立ちなさい」

絨毯《じゅうたん》に突き飛ばされたのに、今度は腕を無理矢理引っ張られて立たされる。

高壇にいる女性たちは、そんな私を見てクスクスと笑っている。さっきまで泣いていたザフラお姉様も、それに合わせて高い声で笑った。

結局。

宦官長《かんがんちょう》ブルハンと女官長ダーニャにより、私はわざとルサードを操って二人の顔に傷をつけたことにされてしまった。武器を隠し持っていないかどうか身ぐるみはがされて調べられる。

ザフラお姉様の勝ち誇ったような高笑いを聞きながら、私は宦官《かんがん》たちに連れられて部屋を出た。

そして後宮《ハレム》の端の塔にある、地下の暗い牢に閉じこめられることになったのだった。

◆

孤独と恐怖に抗い、戦わなければならない時が、近付いてくる。

しかしこれからはもう、怯《おび》えながら夜明けを待つ必要はない。俺の不眠の呪いを解くことのできるリズワナと共に、穏やかな眠りにつこう。

バラシュ訪問で不在にしていた間に溜まっていた仕事をさっさと片付けて、早く後宮《ハレム》の部屋に戻りたい。

「カシム！　そこにいるか」

一通り仕事に目途がついたところで、扉の外に控えていたカシムに声をかける。

「はい、アーキル様。お呼びでしょうか」

「カシム。リズワナを俺の部屋に呼べ。食事もそこでとる」

「アーキル様、その前に少しよろしいですか」

「……なんだ？」

カシムは目を細めて一礼すると、執務室の扉を開けた。

扉の向こうからしゃなりと現れたのは、久しぶりに顔を合わせるナセル王女のファイルーズだった。カシムは俺に目配せすると早々に部屋から出ていき、俺とファイルーズが二人きりで部屋に残される。

ナセル風に編みこんだ長い銀髪を揺らしながら、ファイルーズは俺の座っている椅子の横まで進み出た。

「アーキル殿下」

「……ファイルーズ。何か困ったことでも？」

「はい、とても困ったことが起こったので参りました。殿下は後宮《ハレム》に、バラシュの娘を連れてこられたそうですね」

「それがどうした？」

「後宮《ハレム》を取りまとめるのは私の役目です。後宮《ハレム》のことについてはすべて、まず私を通していただかなければ」

「俺は、君に後宮《ハレム》を任せたつもりはないが？」

ここアザリムでは皇家であろうが庶民であろうが、妻は四人までと決まっている。妃を迎えるつもりなど毛頭なかった俺の後宮《ハレム》には、側女《そばめ》候補として連れてこられた女や女官たちは多く暮らせど、「妃」という立場の者はいなかった。

しかしこのファイルーズは、ナセルから献上された、言わば人質。

一国の王女を女官として働かせるわけにもいかず、ファイルーズは一足飛びに第一妃となったのだが、そもそもこちらが望んで受け入れたのではない。

いつか彼女をナセルに戻す日が来るだろうと、普段の暮らしに困らないよう援助はしているが、本当の妃だとは思っていない。

ファイルーズの方もそれを察してか、これまで一度も後宮《ハレム》のことに口出しなどしなかった。それが突然リズワナのことに口を出すとは、どういう風の吹きまわしだろうか。

ファイルーズは目に涙を溜めて唇を噛むが、その悲しそうな顔が演技なのかそうでないのか判別がつかない。

それほど、俺たちはずっと遠い関係だった。

「これまで、殿下は後宮《ハレム》に近付くことすらなかったではありませんか。それに殿下の第一妃は私でございましょう？」

「君が好き好んでアザリムに来たわけではないのは分かっている。人質など寄越さなくても、アザリムがナセルを再び攻めることなどない。無理にここに残らず、ナセルに戻ってもいいと何度も言っているだろう」

「私は、無理にここに残っているわけではございません！」

その場に跪《ひざまず》くと、ファイルーズは俺の衣の裾を掴んで軽く口付けをする。

そして恨めしそうな顔で俺を見上げた。

「殿下、私の立場というものをお考えください。第一妃を差し置いて、初めに寝所に呼ぶのがバラシュの田舎娘だなどと……」

「ああ、なるほど。王女の誇りが許さんと、そういうことか？」

俺の言葉に、ファイルーズの口元がピクリと引きつった。

彼女が俺のことを好いていないことなど、とうの昔に知っている。後宮《ハレム》に来てからの数年間、二人きりで話をしたことすらほとんどなかった。それにもかかわらず、突然こうして白々しくすり寄ってくるのはなぜなのか。

ナセルの王女としての誇りが傷付けられた――それ以外に、思い当たる節はない。

「……アーキル殿下、お言葉がすぎます。第一妃を差し置いて別の娘を召し出すなど、ナセルの父王の耳に入ったらどう思うでしょうか」

「ではどうしろと言うのだ、ファイルーズ」

「あのリズワナという娘を、私にお任せくださいませんか。後宮《ハレム》に置くかバラシュに帰すかは、私が決めます。それと、まずは第一妃である私をお呼びください」

「……それはできない」

真意の分からない言葉を吐き続けるファイルーズに、苛立ちが募る。もしもここが戦地ならすぐに長剣《サーベル》を抜くのだが、ここは宮殿であり、相手は一国の王女。無下に扱うわけにいかない。

しかし、俺は知っている。ファイルーズが本当は誰のことを想っているのか――

「カシム！」

俺の声を聞き、扉の外に控えていたカシムがもう一度部屋の扉を開けて入ってくる。

「カシム、ファイルーズが後宮《ハレム》に戻る。連れていけ」

「承知しました、アーキル様。それで……リズワナはいかが致しますか？」

「……今夜はもうよい。だが、俺の了承なく勝手にリズワナを後宮《ハレム》から出すことは許さない」

「ですが、僕は後宮《ハレム》に入れないんですよ。その仕事は管轄外です」

「後宮《ハレム》の奥までは入れなくても、出入りの管理くらいはできるだろう？」

「あ、まあ……そうですね。かしこまりました。さあ行きましょう、ファイルーズ様」

不服そうな顔のファイルーズに、カシムはいつものように調子よくニコニコと微笑む。やっと静かになった執務室で、俺は思い切り机に拳を叩きつけた。

今夜リズワナを呼べば、ファイルーズがまた面倒なことを言い始めるだろう。あの様子では、ファイルーズは女官長や宦官長《かんがんちょう》を巻きこんで大事《おおごと》にするかもしれない。せっかく関係を改善したばかりのナセルと再び揉めることは得策ではない。

（少し様子を見るか）

すでに二十年も、恐怖の夜に耐えたのだ。

穏やかに眠れる夜が数日先に延びただけで、大きな違いはない。

窓の外ではすでに夕陽が沈み、闇が空を包み始めていた。

◇

後宮《ハレム》の端っこ、塔の地下にある牢は、ゴツゴツとした石でできていた。

人の背丈の二倍ほどの高さに明かり採りのための牢窓はあるが、とても人が通れる大きさではない。

入口には金属でできた格子。こちらも普通の人間にはとてもすり抜けられない造りだ。

……私を除く、普通の人間には。

(この格子、力を入れて曲げちゃえばすぐに出られそうなんだけどな)

格子にそっと、手を触れてみる。

すると目の前に立っていた見張りの男に睨《にら》まれたので、慌てて手を引っこめた。

いくら私でも、目の前に見張りが立っている状況で、格子を捻じ曲げるような真似はしない。どうせ逃げるなら、もう少し騒ぎにならない方法で抜け出したい。

(私がこの牢に入れられて、もう三日目くらいかしらね)

水だけはちゃんと与えられるのですぐに死ぬような状況ではないし、戦地での日々を思えば、牢での生活は大した試練でもない。

しかし特にすることがないので、毎日大人しく石畳《いしだたみ》の上に座ってじっとしているだけ。これはこれで退屈だ。

アザリムは朝晩の寒暖差が激しいから、夜の寒さに備えて体力を温存しておくのが吉ではあるのだが。

（アーキルは眠れているかしら……私がいなくても、ルサードが一緒に寝てくれていたらいいんだけど。ランプの魔人のくせに約束を違えて逃げたと思われていたら悲しいわ）

いくらアーキルでも、ランプの魔人が突然消えたからと言って、わざわざバラシュに戻ってお父様の首を斬ることはないだろう。図らずも、ルサードが人質のような形になってくれている。

ふと、明かり採りの小窓を見上げる。

先ほどまでその窓から差していた夕陽も、すっかり沈んでしまったようだ。

もうすぐ、牢での三度目の夜が来る。

思い返すとバラシュを出て都に到着するまでの数日間、私はアーキルと離れて馬車で移動していた。夜になると天幕を張って休んだり、途中の街で宿を取ったりしながら進む日々。その間アーキルがどこで夜を過ごしていたのかは分からない。

都で再会したアーキルの目元には、元通りの深いクマが刻まれていた。一度晴れたはずの瑠璃《るり》色の瞳も曇《くも》っていた。きっと私とは別の場所で、数日間の眠れぬ夜を過ごしたんだろう。

私が牢に入ってからのこの三日間で、またアーキルの瞳が曇《くも》っていなければいいのだが。

(なんだか私、気付くとアーキルのことばっかり考えてる気がする)

元々私はアーキル本人に興味があったわけではない。アーキルがナジル・サーダの生まれ変わりなのかどうか、確認したかっただけだ。

不眠の呪いにかかって苦しんでいるのに、それを隠すために冷たく振舞うアーキル。

幼いラーミウ殿下を見つめる時の優しい瞳のアーキル。

私がナジルに好きだと伝えた時に見せた、照れた顔のアーキル。

どれが本当のアーキルなんだろうかと、気になって仕方がない。

もしかすると私は、アーキルのことを好きになってしまったのだろうか？　それとも、アーキルにナジルを重ねているだけなのだろうか？

「ああっ！　自分でもどうしたいのか分からない！」

「どっ、どうしたんだ!?　リズワナ」

「えっ？　あ……見張りさん、騒いですみません……」

駄目だ、ついつい心の声を漏らしてしまった。

やはり私は、このまま後宮《ハレム》を出ていくわけにはいかない。

アーキルの前世がナジルだったのかどうか、側にいて確かめたい。

その上で、ナジルがアディラのことをどう思っていたのか、そしてリズワナとしての私がこの恋をどうしたいのかを、はっきりさせるまでは帰れない。

そのために私は、遠路はるばるアザリムの都までやってきたんじゃないか。

それに私にはもう一つ、どうしても気になることができてしまった。

ラーミウ殿下のことだ。

前世の私アディラ・シュルバジーは、イシャーク皇帝陛下の兄弟皇子たちの命を救うことができなかった。

前世の記憶は途中で途切れているものの、今この時代になっても悪習が受け継がれているのがその証。イシャーク陛下の兄弟皇子たちは、あの後命を奪われたはずだ。

もしもあの時、私がナジルと協力して悪習を断ち切ることができていたなら、今この時代のラーミウ殿下のことも救えていたはずなのだ。

（私が前世の記憶を持って生まれ変わったのは、もしかしてラーミウ殿下をお助けするため……とか？）

もう一度ナジルに会って気持ちを伝えるためだけじゃなく、アザルヤードの神が「前世でできなかったことを今世で必ず成し遂げるように」と私にもう一度機会をお与えになったのだとしたら？

少々大げさで、私の考えすぎかもしれない。

しかしバラシュという都から遠く離れた場所に生まれた私が、色んな偶然の積み重ねによって、こうして再び都に来ることになったのは事実だ。

（イシャーク陛下。私は今世で、陛下の悲願を果たすことができるでしょうか）

前世の主君、イシャーク・アザルヤード陛下は、厳しいけれど愛に溢れた方だった。新任武官の私に、陛下直々に剣術の稽古をつけてくださったこともあった。

女の私にも容赦なく厳しく接してくる陛下を恐ろしく思ったこともあったが、そのおかげで私は男性にも負けない力を身に付けることができたし、それが自分の自信につながった気がする。

（イシャーク陛下が、私とナジルを今世でも引き合わせてくれたのかもしれない）

私は光が届かなくなった夜の小窓を仰ぐ。気のせいか、窓の外の遠くから獅子《ライオン》の雄々しい咆哮《ほうこう》が聞こえたような気がした。

（そうと決まれば、こんなところでゆっくりとはしていられないわね。どうにかしてここを脱出しないと）

とりあえず、倒れたフリでもして騒ぎを起こしてみるか。

私は見張りの男に見えないように石畳《いしだたみ》にたまった砂埃《すなぼこり》を顔に塗りつけて、衰弱した風を装ってみる。

そして「ああっ！」と声を上げて、床に倒れた。

「どっ、どうした！」

「……私は……もう駄目……です……」

「ひいっ！　死ぬのか⁉」

「死ぬかも……最後に月が見たい……外に連れていってくれませんか……」

「何を言うんだ……！　俺が勝手に外に出せるわけがないだろう！」

「でも、もう死ぬんだからいいじゃないですか」

「駄目だ！　とりあえずブルハン様を呼んでくるからちょっと待て！」

「いいえ、もう私は長くありません！　あと百くらい数えたら死ぬかも……早く鍵を開けて……」

「もう少し頑張れ！　走ってブルハン様を呼んでくるから！」

見張りの男は、慌てて螺旋《らせん》階段を駆け上がっていく。

階上の扉が乱暴に開く音が、階下にまで響いてきた。てっきり見張りの男が外に出たのだと思っていたのに、聞こえてきたのはカツカツと螺旋《らせん》階段を降りてくる足音だった。

（え？　なぜ戻ってきたの？　ブルハンを呼びにいったんじゃ？）

「──リズワナ！」

階段を急いで駆け降りてきたのは見張りの男ではなく、数日ぶりに顔を合わせるアーキルだった。

「リズワナ！　どこだ！」

青ざめた顔、曇《くも》った瑠璃《るり》色の瞳。

数日ぶりに見るアーキルからは、いつもの余裕が消えていた。額には冷や汗を浮かべ、縋るような目で螺旋《らせん》階段を駆け降りてくる。

「アーキル！」

私は思わず牢の格子を両手で掴み、力いっぱい左右に広げた。

ブォンッという音と共に格子はねじ曲がり、私はその広がった隙間から外に抜け出る。

アーキルの後ろを追って降りてきた見張りの男は、格子を曲げた私の馬鹿力を見て、目玉が転げ落ちそうなほど驚いている。

階段から転げ落ちるようにくずおれたアーキルに両腕を差し出し、なんとか体を抱き止め、そのまま私たちは二人揃って階段の途中に座りこんだ。

私の腕の中で、アーキルの体は小刻みに震えている。

「どうしました？　アーキル！」

「……リズワナ、すまない。こんなところにいるとは知らなかった」

「いえ、私もアーキルと約束していたのに、不在にして申し訳ありません。アーキル、早く部屋へお戻りください。とても調子が悪そうですし……」

「お前をここに連れてきた者を必ず罰する。俺は、俺は……！　とにかくお前も早く来い、ここを出る」

尋常ではない様子のアーキルの姿に、後ろにいた見張りの男も動揺して震えている。

何かに怯《おび》えるアーキルの姿は、まるで獅子《ライオン》に睨《にら》まれた兎のようだ。こんな姿を多くの人に見られては、皇子としての沽券《こけん》にかかわるではないか。

（もしかしてこれも不眠の呪いの影響なの？　とにかく、早くアーキルを部屋に連れていって医者に診せなきゃ）

「……見張りさん！」

「なっ、なんだ！」

「アーキル殿下が風邪を召されたかもしれません、熱が上がって寒気を感じていらっしゃるみたいで。寝所にお連れしていいですか？」

「お前はここから出ては駄目だ！　俺が殿下をお連れする」

「でも、見張りさんは後宮《ハレム》には入れませんよね？」

「それはそうだが……」

螺旋《らせん》階段の手すりを握りしめてモゴモゴとどっちつかずの見張りの男に、私は畳みかけるように叫ぶ。

「早く！　取返しのつかない状況になったらあなたの責任になりますよ！」

「ひっ、それは……！」

「そこをどいてください！」

アーキルの左腕を肩に回すと、私はアーキルを立たせて階段を上り始める。

苦しそうに顔を歪《ゆが》めたアーキルは、はあはあと荒い息遣いのまま見張りの男を横目で睨《にら》みつけた。

「そこをどけと……言っているだろう！　リズワナを牢に入れたやつを探し出して罰してやる……！　そうブルハンに伝えろ」

「アーキル、そんなことは後で。とにかく早く外へ出ましょう。私の肩に体重を預けてください」

アーキルの言葉を聞いて、見張りの男はようやく道を開ける。私たちはその横を抜けてなんとか階段を上りきり、地下牢のある建物の外に出た。

辺りはもうすっかり夜で、すでに月も高い。いつもならルサードの毛に包まれて眠っている時間だ。

少し歩くと、離れた場所にある宮殿の灯りとは別にランプの光が一つ、ゆらゆらとこちらに近付いてきた。

「リズワナ！」

私の名を呼んだのは、アーキルの従者のカシム様だった。少し離れた場所で控えていたようで、アーキルと私の姿を見つけて駆け寄ってくる。

「カシム様！　アーキルはこちらです！」

アーキルに付き添ってきたのがカシム様でよかった。私の馬鹿力を知られているカシム様ならば、この後の話が早い。

「カシム様。アーキルの様子がおかしいので、お医者様を呼んでいただけますか？」

「あ、いえ……リズワナ。実はアーキル様はご病気ではなくて……その、夜なので・・・」

（夜なので……って、カシム様が言葉を濁したということは、アーキルのこの状況はやっぱり呪いの影響なんだわ。カシム様も呪いのことを知っているのね）

これが不眠の呪いの影響なら医者に診せるよりも、早く寝所に戻ってアーキルを眠らせた方が早い。

「カシム様、私がこのままアーキルを部屋までお連れします」

「リズワナ。ありがとう。あなたならアーキル様を眠らせることができますよね？」

もちろんです、という意味をこめて頷き、私はアーキルを背中におぶった。

夜の闇に紛れてちょうどいい。今のうちに後宮《ハレム》まで急ごう。

三日間も牢に閉じこめられていた疲れも忘れ、私はアーキルをおぶったまま宮殿を走り抜けた。

「リズワナ……お前の部屋でいい……」

後宮《ハレム》に入り大回廊まで来ると、アーキルはそう言って私の背中から下りる。足はふらつき、顔は相変わらず真っ青だ。

「ゆっくりお休みになった方がいいと思います。アーキルの寝所の方がいいのでは？」

「いや、お前の部屋だ……ルサードもそこにいる」

「あっ、そう言えばルサード！　すっかり忘れてたわ！」

「……安心しろ。お前が牢にいる間、ルサードは部屋の隅で隠れて過ごしていたようだ。とにかく、早くお前の部屋へ」

「分かりました、さあこちらへ」

アーキルに肩を貸し、私の部屋の前まで歩く。途中で何人かの女官や宦官《かんがん》とすれ違ったが、彼の前では皆が道を開けて頭を下げる。

牢から抜け出した私を見ても誰も咎《とが》めないところを見ると、アーキルが裏で手を回したのだろう。

無実の罪を着せられるのはいい気はしないので、誤解が解けたのならいいのだが――逆に、私に杖を投げつけたダーニャやザフラお姉様は罰を受けたりしていないだろうか。

私が牢にいた三日間に何が起こったんだろう。

アーキルに聞いてみたいが、彼は今、明らかにそれどころではない状態だ。

隣にいるアーキルの顔を見上げると、瑠璃《るり》色の瞳は完全に輝きを失ってくすんでいた。

◇

「――っ!!」

　寝台を整える暇もなく、アーキルは部屋に入るやいなや寝台に倒れこむ。

　うつ伏せになって敷布に顔を埋め、苦しそうなうめき声をあげた。

「アーキル、これは呪いの影響ですか⁉」

「……うあぁっ……ぐっ……！　やめろ！」

（全然駄目だ、会話にもならないわ）

　汗だくになって暴れるアーキルを仰向けの体勢にして、手巾《しゅきん》で汗を拭う。手足を力ずくで寝台に押さえつけながら、私は部屋のどこかにいるであろうルサードを呼んだ。

　部屋の隅に隠れていたルサードは、窓際で月の光を浴びて白獅子《ホワイトライオン》に姿を変える。

「ごめん、ルサード！　見ての通り、アーキルがおかしいの。なんとかしなくちゃ」

『これは、例の不眠の呪いの影響だろう。早く落ち着かせなければ』

「呪いのせいなら、医者は呼ばなくて大丈夫？」

『医者に治せるくらいなら、リズワナに頼らずともとっくに治ってるだろう。とにかく、早く眠らせることだ』

「そんなことを言われても、どうしたらいいの……？」

アーキルにはもう、私たちの声は届いていないように見える。

何かにひどく怯《おび》えていて、手足を乱暴に動かして暴れている。

（アーキルを眠らせるにはどうしたらいいんだっけ？）

いつもアーキルを眠らせる時には、何をしてあげていただろうか。混乱する記憶を手繰り寄せて考える。

（落ち着くのよ、リズワナ。まずは……ルサードを枕にして横になるのよね）

「ルサード、寝台に上がってくれる？　アーキルの頭の周りを包むように……そう、そこに寝ていて」

ルサードの体の上にアーキルの頭をもたれかからせる。私もアーキルの横に寝そべって、暴れないように自分の片脚をアーキルの体の上に乗せ、動きを封じた。

とても嫁入り前の娘のする格好ではないが、この期に及んで恥じらっている場合ではない。

そのままアーキルの全身を抱き締めるようにして、アーキルの髪を何度も撫でて落ち着かせようと試みる。

「この状態で神話を読み聞かせたって、絶対に無駄だわ」

『歌でも歌ってやれ。落ち着くかもしれん』

「ルサード、適当なことを言ってない⁉　でもまあとりあえず、できることは全部やりましょう。子守歌ってどんな歌だっけ……って私、今世で子守歌なんて歌ってもらったことないわよ！」

物心ついた時にはもう、母はいなかった。

お父様はあんなだし、お義母様やお姉様たちに可愛がられた記憶もない。

「ルサード、歌える？　子守歌」

『…………俺は、音痴だ』

「嘘でしょ……？　じゃあやっぱり私が？」

暴れる男を前にして、歌をどちらが歌うかで揉めるなんてくだらない。

なんだか私とルサードが、生まれたばかりの赤ん坊に翻弄される新米の親のように思えてきた。こんな屈強な男を一人寝かしつけるのに、なぜ私たちがこんなに右往左往しているんだろう。

（もうっ！　なんだかおかしくなってきちゃった）

状況がひどすぎて、逆に笑えてくる。

（私と共に過ごす夜は、アーキルは毎夜ぐっすりと眠れていたわ。でも、私がいなかった夜は？）

こんな風に暴れるアーキルを見るのは初めてだが、もしかしてアーキルは、生まれてから毎夜こんな風に呪いに苦しめられていたのだろうか。

冷徹皇子だと噂されている裏では、一人でこんな苦しみを味わい続けてきたというのか。

ついつい苦い笑いが漏れて気が抜けたのか、ふと前世でアディラの母に歌ってもらった子守歌の旋律が思い出された。

「……歌ってみるね」

記憶の深い場所にあるその歌を呼び起こし、私は子守歌を口ずさむ。

初めは鼻歌で。しばらくするうちに、歌詞もところどころ思い出してきた。

アーキルはしばらく苦しそうに暴れていたが、少しずつ息苦しさがなくなってきたようで、呼吸が少しずつ穏やかになっていく。

(子守歌で落ち着くなんて、本当に子どものようね……)

アーキルの髪を撫でていた手で、私は彼の背中をポンポンと叩いてリズムを取ってみる。

どれだけの時間が経っただろうか。

私の手のリズムに合わせ、アーキルの呼吸は規則正しい寝息に変わっていた。

汗だくの上衣を脱がせ、濡れた手巾《しゅきん》で拭く。

アーキルの右胸には、いつもと同じように青白い獅子《ライオン》の痣《あざ》が鎮座している。

「……ねえ、ルサード。アーキルの呪いを解いてあげたい。眠れないだけじゃなく、こんなに苦しんでいたなんて知らなかったの。どうしたらいい？」

『ナセルに伝わる話では、呪った者の恨みを晴らしてやると解けるらしいが』

「呪った者の恨み？　アーキルのことを呪ったのが誰なのか、分からないわ。他に解呪方法はないの？」

『どうだろうな』

「牢の中で考えていたんだけど、ナセルの魔法や魔道具でなんとかなったりしないかしら？　前にアーキルがそんなことを言っていた気がするの。魔道具に頼るしかないと思った……って」

『俺にはよく分からん。それよりもリズワナが不在の間、こっちはずっと月の見えない場所で何も食わずに身を隠していたんだ。疲れた……もう休む』

「そうね。早く私たちも眠らないと……私もこの三日間まともに寝ていないから疲れたわ。ルサードの食事、明日なんとかするわね」

私が最後まで言い終わらないうちに、ルサードも目を閉じて寝息をたて始めた。

アーキルとルサードの熱が、三日間も牢の中で肌寒い夜を過ごし冷え切った私の体に伝わってくる。

（私も、もう眠っていいかしら……）

汗で濡れた体が冷えてしまうのではないかと心配して、アーキルの体の上で掛布を広げる。

ランプの灯りを吹き消し、私もアーキルの隣で横になって目を閉じた。

第三章　縮まる距離

朝を告げる鳥の声で目を覚ますと、アーキルは寝台の端にぼんやりとした様子で座っていた。私が名を呼んでも、短く「ああ」と返すのみで、すっかり生気が抜けた様子だ。

寝台から降りてアーキルの前に両膝をつき、彼の顔を覗きこんでみる。

昨夜は随分と心配したが、瑠璃《るり》色の瞳には光が戻り、顔色もかなりよくなっている。

（よかった……眠れてすっきりしたみたい）

安心した私は、アーキルの顔を拭くための手巾《しゅきん》を取ろうと立ち上がった。

するとアーキルが私の手首を掴み、強引に隣に座らせる。

「リズワナ。昨夜は……」

そう小さく呟くと、アーキルは顔を上げた。

顔色はよくなったのに、その表情には相変わらず怯《おび》えたような色が見える。バラシュの天幕で目覚めた朝とは違う覇気《はき》のない様子に、私は少し面喰《めんく》らった。

「アーキルは昨夜の記憶がありますか？　とても苦しそうで、ずっと何かに追われて怯《おび》えているような感じでした。あれは呪いのせいなのですね？」

恐る恐る、私の方から話を切り出してみる。

アーキルは手を伸ばして、私の右頬の傷跡を親指でそっとなぞった。もう血も止まって塞がってはいるけれど、女官長ダーニャが割った玻璃《ガラス》の破片で怪我をした場所だ。

私の頬に当てた手を下ろして悔しそうに拳を握ると、アーキルはポツリと話し始める。

「……後宮《ハレム》のお前の部屋で、女官長がお前に手を上げたと聞いた。俺が先に女官長や宦官長《かんがんちょう》に説明しておけばよかった。すまなかった」

「やめてください！　素直に謝るなんてアーキルらしくないですよ。牢に閉じこめられたことは、私が上手く立ち回れなかった結果です。そんなことより、呪いの件は？」

「リズワナの想像している通りだ。昨夜のことは、俺にかけられた呪いのせいだ」

握った拳を震わせながら、アーキルは不眠の呪いの真実について口を開いた。

呪いの始まりがいつだったのか。

アーキルには、その記憶もないらしい。

遠い昔、物心ついた時にはすでに、呪いは毎夜のように容赦なくアーキルを襲ったという。

宮殿中が寝静まった真夜中。

誰もいない自分の部屋で、アーキルはいつも一人怯《おび》えていた。月が高く昇り、日が変わる頃になると、恐ろしい悪魔の幻影《ジン》が束になって現れ、彼を取り囲むのだそうだ。

周囲が見えなくなるほどの多くの悪魔《ジン》で部屋は埋め尽くされ、アーキルの体を這《は》い、切り刻んで痛めつけ、首を絞めて息の根を止めようとする。

全身を斬られる痛みや息苦しさに耐えながら、幻影に抗うが無駄だった。

あまりの恐怖に悲鳴をあげても暴れても、誰も助けには来ない。長剣《サーベル》を振り回しても、幻影は一向に消えてくれない。

幼い頃から毎夜たった一人で、そんな地獄のような長い夜を乗り越えてきたという。

「そんなことが……！　アーキルのお母様や乳母は、側にいてくれなかったのですか？」

「俺の呪いが自分にもうつるのではと恐れていたんだろう。広い宮殿の中で、俺の部屋の近くには誰も寄せ付けないようにしていたそうだ」

「ひどい……！　そんな幼い子どもの頃から、しかも毎夜でしょう？」

「そうだ。バラシュでお前と出会い、共に眠った日を除いて」

私だったらとっくに狂っている、と言いかけて、私は口をつぐんだ。

一人で幾千夜もの孤独と恐怖に耐えてきたアーキルに、そんなことを言ってはいけない。きっと彼は限界まで気を張って生きているのだ。今この瞬間も。

（冷徹皇子だなんて……本当に人の噂は当てにならないのね。きっと冷徹に振舞って自分を奮《ふる》い立たせなければ生きてこられなかったのよ）

想像もつかない長い苦しみを知り、気付くと私の目からは涙がこぼれていた。バラシュで出会ってからというもの、こんなに近くにいたのに、彼の苦しみに気付けなかった。

三日間も牢に閉じこめられていたから、顔は土埃《つちぼこり》で汚れている。きっと涙と土で私の顔はぐちゃぐちゃだ。

「事情があってここ数日はリズワナを寝所に呼べなかった。お前がいなくても、一人で夜を過ごすことなど慣れているから大丈夫だと思っていた」

「あんなにうなされていて、大丈夫なわけがありません！」

「そうだな。結局三日しか持たなかった。それで、いざリズワナを呼ぼうと思ったら、女官長がお前を牢に入れたと聞いたんだ。三日もあんな場所で過ごすのは辛かっただろう」

「いいえ。心配していただくのが申し訳なくなるほど、まったく問題なく過ごしていたので」

寝台に並んで座る私たちの足元には、朝日が差しこんでいる。

獅子《ライオン》の姿から白猫に戻ったルサードがどこからか現れて、アーキルの膝の上にちょこんと乗った。アーキルはそんなルサードの背中を、優しく撫でる。

「リズワナ。こんな呪いにかけられた俺のことを、不気味に思うか？」

「……え？」

「眠れない夜は毎夜、昨日のように正気を失って暴れるだろう。それを不気味と思うなら、バラシュに帰ってもいい。元々俺が、お前を無理矢理連れてきたのだから」

「……」

私とは目を合わせることなく、アーキルはルサードを胸に抱いた。

ああ、そういうことか。きっとアーキルは寂しいのだ。

昨夜アーキルの錯乱した姿を見た私が、彼を恐れてここから離れると思ったのだろう。

いくら願ってもアーキルの側には来てくれなかった、彼のお母様や乳母と同じように、私も彼のもとから逃げ出すと思ったんだろう。

今のアーキルは、どうしようもない孤独と恐怖の夜を、再び一人で過ごさなければいけないことに怯《おび》えているんだ。

（なんてこと……）

なんという孤独な皇子だろうか。

でも残念。私はアーキルの期待には沿えそうにない。

私は、女戦士アディラ・シュルバジーの生まれ変わり。今、このリズワナ・ハイヤートの姿では頼りなく見えるかもしれないが、本当はちょっとやそっとのことでは動じない強い女なのだ。

彼が不眠の呪いから解き放たれ、毎夜の悪夢から逃れられるというのなら、私はそのためにここにいよう。そしてアーキルと一緒に、呪いを解く方法を探すんだ。

(目の前に苦しんでいる人がいるのに、放っておけないもの)

それに、アーキルがナジルの生まれ変わりかどうかなんて、もはやどうでもいい。

私はナジル・サーダではなく、今目の前にいるこのアーキル・アル＝ラシードのために動きたい。いつの間にかそう思っている自分に、今初めて気が付いた。

涙で汚れた顔を手の甲で拭き、私はアーキルの瑠璃《るり》色の瞳を見つめた。

天幕で会った時の冷たい瞳でも、孤独な夜を過ごした後の曇《くも》った瞳でもない、純粋な瑠璃色の瞳を。

「アーキル。お忘れですか？　私はランプの魔人。アーキルの願いを三つ叶えるまでは、ここを離れられないのです」

「リズワナ……」

「アーキルの一つ目の願いは、『俺を眠らせろ！』でしたよね。つまりその願いを私が叶えるのは、アーキルの呪いが解けた時です。呪いが解けるまで、私はあなたの側にいないといけません」

アーキルの首に手を回し、私は彼をそっと抱き締めた。

私の腕の中で、アーキルは何かに気付いたようにビクッと体を震わせる。

「リズワナ。まさか今お前は、俺の声真似をした……のか？」

「え？　声真似？　ああ、『俺を眠らせろ！』の部分ですか？」

気恥ずかしい雰囲気に耐えられず、ついふざけて声真似をしたのだ。できるだけ低い声を作って、思いっきりアーキルの声真似で『俺を眠らせろ！』と言ったのだ。

「ふふっ、似てました？」

「……似ていない。俺の声真似をするなど不愉快だ」

「あれ？　似てたと思ったんですけど」

体を引き離し、アーキルはじろっと私を睨《にら》みつける。そんなアーキルの膝の上で、ルサードが低く「にゃあん」と鳴いた。

ルサードまでアーキルの真似をしているように思えて、私たちは顔を見合わせて笑う。

こうして笑っている時のアーキルの瞳は、弟皇子のラーミウ殿下を見ていた時のように優しい。

冷徹皇子という二つ名とは裏腹に、アーキルは弟思いで優しい面を持っている。

今思えば、アーキルがラーミウ殿下に向ける愛情は、母の愛を得られなかったアーキルが本能的に求める家族愛なのかもしれない。

私にもなんとなく、その気持ちが分かる。

リズワナ・ハイヤートとして生まれ、ハイヤート家のお父様やお姉様から嫌われていようと、心のどこかではやっぱり私は彼らに愛してほしいと願っている。そして私の方も、彼らを愛したいという気持ちを持っている。

(冷徹なのに愛情深いなんて……以前にも私はどこかで、そういう人に会ったことがある気がする)

「リズワナ。本当にお前は、後宮《ハレム》に残るんだな?」

「はい！　それに、実は他にもやりたいことがあるんです」

私は心を決めてアーキルを見つめる。

前世でなし得なかったイシャーク・アザルヤード皇帝陛下の願いを、今世で叶えたい。帝位につけなかった兄弟皇子の命を無条件に奪うという悪習を終わらせ、ラーミウ殿下の命を救いたい。

弟思いのアーキルなら、きっとラーミウ殿下を守るために共に動いてくれるはずだ。

アーキルは不思議そうな顔でしばらく私を見た後、意地悪そうな笑みを浮かべた。

「よし。そうと決まれば、まずはリズワナを俺の寵姫として後宮《ハレム》中に知らしめねばならんな。大々的に宴でも開くか」

「寵姫⁉　ちょっとそれは一足飛びすぎるのでは……」

「何を言う。俺はお前を気に入っている。お前を牢に入れたやつらは必ず厳しく罰してやるし、今後同じようなことを考える輩も必ず……」

「アーキル、やめてください！　私は本当に大丈夫ですし、それにルサードがダーニャ様とお姉さ……いえ、ザフラを引っ掻いたのは事実なんですから」

危ない危ない。ここでザフラお姉様が処罰されてバラシュに帰されでもしようものなら、私は一生お姉様に恨まれるだろう。

（それはそれとして。アーキルったら、『俺はお前を気に入ってる』だって。嬉しい……）

さらっと口にしたアーキルの言葉を、私は聞き逃さなかった。

すっかり話しこんでしまった私たちの側で、ルサードは『俺を巻きこむなよ』といった表情で「にゃあ」と鳴いた。

◇

「リズワナ、ちゃんとついてきていますか？」

アーキルの従者カシム・タッバール様が、私のほうを振り返る。

「あっ、すみません！　無意識に気配を消しちゃってました」

「気配を消……そ、そうですか。不思議な方ですね」

カシム様は苦笑して首を傾げると、もう一度前を向いて歩き始めた。

ここアーキルの後宮《ハレム》は皇子や妃、側女《そばめ》たちの部屋がある空間と、広間や庭園など日中に皆が交流するための空間に分かれている。

前者は皇子以外の男性は立ち入り禁止。

後者は、宮殿に仕える者であれば自由に出入りができる。

だから男性であるカシム様もこうして後宮《ハレム》内を堂々と歩けるわけだが……今から私は、どこへ連れていかれるのだろう？

（今日は、図書館に行ってみたかったのにな）

アーキルの後宮《ハレム》には、アザリムの古文書や異国の文献を納めた図書館がある。数代前の皇帝陛下がまだ皇子だった頃、国中に散らばって保管されていた歴史書や史料を集め、その図書館を建てたのだそうだ。

そこには、紙が市井にまで流通していなかった時代の古い文献も揃っているという。

アーキル曰く、ナジル・サーダが生きていた時代の史料が保管されているかもしれないとのことだった。

もしもナジルに関する史料が残っていれば、アーキルが前世の記憶を取り戻すきっかけになる情報が見つかるかもしれない。

それに、私の前世での記憶が途切れているあの船上の宴の後のこと――イシャーク陛下の兄弟皇子たちがどうなったのか――についても、史料として残っている可能性がある。

（そう思ったから、アーキルに頼んで図書館に入れるようにしてもらったのに）

回廊をさっさと歩いていくカシム様の後を追いながら、私は自分の腰に下げた短剣《ダガー》にそっと触れてみる。

これは先日、アーキルからもらい受けたものだ。

アーキルの長剣《サーベル》についていた琥珀《こはく》色の魔石を外して、この短剣《ダガー》に付け直してくれた。

宮殿の図書館は限られた者しか入館を許されておらず、入口には魔法錠がかけられている。この琥珀《こはく》色の魔石があれば、その魔法錠を開けられるのだそうだ。

『この短剣《ダガー》を肌身離さず持ち歩け。それが俺の二つ目の願いだ』

アーキルはそう言って微笑んだ。

残り二つしかない願いごとをこんなことに使ってしまっていいんだろうか？　と思いながら、私は短剣《ダガー》を受け取ったのだ。

別に私は本物のランプの魔人ではないから、アーキルが願いごとをどう使おうと構わない。しかしこの二つ目の願いについては、彼の意図がよく分からない。

（きっと、私に隠していることがまだまだあるんだわ）

天幕で初めて出会った時も後宮《ハレム》に着いてすぐの頃も、アーキルは不眠の呪いをさも軽い出来事のように語っていた。

ところが先日、私はアーキルが長年苦しんできた不眠の呪いの真相を知った。悪夢にとらわれて苦しむ姿を目の当たりにして、私の気持ちは以前とは変わった。

アーキルの呪いを解いて救ってあげたい。彼をこの苦しみから早く解放してあげたい。

あの日からずっとそればかり考えて、胸が締め付けられるように苦しい。

今世でもやはり私は、ナジル・サーダ……いや、アーキル・アル＝ラシードに惹かれてしまった。それに、私の勘違いでなければ、アーキルも私のことを悪く思っていないと思う。

（でもアーキルにとって、私はただのランプの魔人。人間として見てすらもらえてないなんて、笑い話にもならないわね）

本当の私は、リズワナ・ハイヤート。バラシュに生まれたハイヤート家の末娘。

ランプの魔人なんかじゃなく、正真正銘の人間なのだとアーキルに告げたら、彼は一体どういう反応をするだろうか。

「リズワナ、僕の話が聞こえてますか？」

「あっ、はい！　カシム様、私たちは今からどこにいくのですか？」

「ファイルーズ様のところにご挨拶にいくのですよ」

「ファイルーズ様とはどなたでしょう？　よくお名前を聞くのですが……」

「知らなかったのですか？　ファイルーズ様は、アーキル殿下の第一妃です」

カシム様がさらりと口にした『第一妃』という言葉に、私は思わず足を止めた。

（アーキルには、すでに妃がいたの？　それも第一妃って……）

「それは存じ上げませんでした。失礼しました。その……ファイルーズ様がいらっしゃるのに、私が後宮《ハレム》に入ってもいいのでしょうか」

「なぜ駄目なのです？　後宮《ハレム》とはそういうところですよ。しかし、いずれにしても後宮《ハレム》を取りまとめているのはファイルーズ様ですから、礼は尽くしてもらわないといけません」

「礼とは？」

「ファイルーズ様を敬い、認めてもらってください。この後宮《ハレム》ではファイルーズ様の命令は絶対です。女同士の争いを仲裁するのは苦手ですから、くれぐれもファイルーズ様には逆らわないでくださいね」

「私も苦手です……女同士の争いなんて……」

まだ見ぬファイルーズ様の姿を想像すると、胸の奥がざわざわする。

側女《そばめ》ではなく妃と呼ばれているということは、もしかしたらもうアーキルにはすでに御子もいたりするのだろうか。

(アーキルのこと、まだ私はほとんど知らないのね)

私は思わず、腰に下げていた短剣《ダガー》の柄をぐっと掴んだ。

それを見たカシム様はぎょっとして、つかつかと近付いてくる。

「そんな物騒なものを持って……短剣《ダガー》は僕が預かります」

「えっ、でもこれは、アーキルからもらったもので……！」

カシム様が私の短剣《ダガー》に手を伸ばす。

彼の指が短剣《ダガー》に触れたその瞬間、短剣《ダガー》に付けられた琥珀《こはく》色の魔石がカッと強い光を発した。まるで雷でも走ったかのように火花を散らし、カシム様は慌てて出した手を引っこめる。

カランという高い音を立てて、短剣《ダガー》は回廊の床に転がった。

「………リズワナ!? 今、何をしたのですか？」

「わっ、私は何も……急にこの魔石が光って……！」

床に落ちている短剣《ダガー》に目をやると、魔石の光はすでに消えている。なんの変哲もない、ただの短剣《ダガー》だ。

（さっきの光はなんだったの？）

短剣《ダガー》を拾おうとその場にしゃがもうとすると、カシム様がそれを制止した。

「ファイルーズ様にご挨拶するというのに、武器を持っていては困ります。これは僕が預かりますから」

「ええ、でも……大丈夫ですか？」

もう一度カシム様が短剣《ダガー》に触れようとしたが、またしても琥珀《こはく》の魔石が光って邪魔をする。どうやらこの魔石は、扱う者を選ぶようだ。

カシム様に目配せをして、今度は私が短剣《ダガー》に触れてみる。

すると琥珀《こはく》色の魔石はなんの変化もなく、難なく地面から拾い上げることができた。

状況を察したカシム様は、小さくため息をついた。

「どうやら、僕はその魔石に触れることができないようです。仕方ないのでこのまま向かいますが、ファイルーズ様に武器を向けることは絶対に許しませんよ」

「もちろんです！　いくら私でも、なんの危害も加えてこない方に武器を向けることはありません」

「……ファイルーズ様はナセル出身の王女です。あなたが変な気でも起こそうものなら、再びナセルとの関係が悪化するかもしれません。アザリムの国を背負っていると思って、心して接してください」

「ナセルのご出身……!? ファイルーズ様はやはりナセルの方なのですね?」

「そうです。アザリムとナセルが和睦を結んだ際に、ナセルから嫁いでこられたのがファイルーズ様です」

ファイルーズという名から、薄々気付いていた。

両国の和睦の際に嫁いできたというならば、つまりナセルは人質としてファイルーズ様を差し出した、ということだろう。

魔法の国と呼ばれるナセルの、しかも王族であれば、アーキルの呪いを解くために一役買ってくださることはできないのだろうか?

ナセルの王女を頼る方が、ランプの魔人の私を頼るよりもよっぽど解呪方法にたどり着く可能性が高い。

アーキルはなぜ、妃であるファイルーズ様を頼らなかったのだろう。

わざわざ魔法のランプを探しに、あんな遠くのバラシュの街までやってきたのだろう。

(ナセルの王家の方であれば、魔法には精通しているはずなのに……お二人の仲が悪いのか、それともファイルーズ様に魔法の力がないのか)

しばらく回廊を進むと、カシム様がとある部屋の扉の前で足を止めた。そこは、先日私が女官長ダーニャに連れてこられて事実無根の罪を着せられた、あの部屋だ。

中に入るのは気が進まないが、致し方ない。私はカシム様と並んで扉に向かって立った。

「おや、なんだか中が騒がしいですね。取りこみ中のようです」

「カシム様、あの声はまさか……」

(私がこの声を聞き間違えるはずがない。扉の向こうで騒いでいるのは、ザフラお姉様だわ！)

カシム様が扉に手をかけるのを待たず、私はお姉様の名前を呼びながら中に入る。

扉を乱暴に開きすぎたのか、部屋の中にいた人たちが驚いて、一斉にこちらを振り向いた。

「ザフラお姉さ……っまぁ……じゃなかった、ザフラ様！」

その広い部屋の中には、先日と同じように綺麗に着飾った女性たちが集まっている。

その少し手前で、ザフラお姉様は床の上に膝をついていた。

私の声に振り返ったお姉様の頬には、涙が幾筋も伝っている。

「……リズワナ⁉　ここに何しに来たのよ！」

涙を浮かべた瞳で、お姉様は私を強く睨《にら》みつける。

お姉様の両脇には宦官《かんがん》が立ち、お姉様の両腕を掴んで跪《ひざまず》かせていた。

（これではまるで、罪人を裁いているみたいじゃない！　早くお姉様の腕を放してもらわなきゃ）

一体誰がこんなことを……と、お姉様の前に立つ人物に目をやると、そこにいたのは気まずそうな顔をした女官長ダーニャだった。

さらにその奥には、これまで見た中で最も華やかなドレスに身を包んだ、一人の銀髪の女性が座っている。

ダーニャは私の顔を見ると、しまったとばかりに慌てた表情でくるっと向きを変えた。そして、奥にいた華やかなドレスの女性に恭《うやうや》しく頭を下げた。

「ファイルーズ様。あれが例のバラシュの娘でございます」

（ファイルーズ様って……！　この方が、アーキルの第一妃……）

思わずゴクリと唾《つば》を飲む。

私を一瞥《いちべつ》して椅子から立ち上がったファイルーズ様は、ゆっくりとこちらに近付いてきた。

結い上げた艶やかな銀髪を留めた髪飾りには、輝く石がいくつも施されている。

薄いシフォンのドレスの裾から覗く手足は、女神ハワリーンの生まれ変わりと言われる私が足元にも及ばぬほど美しい。

（こんな可愛らしい人が、アーキルの妃なのね）

心の中をさまざまな感情が行き来するが、その感情を通り越して私はファイルーズ様に見惚れていた。

「……リズワナ、リズワナ！」

カシム様が慌てた様子で私に囁《ささや》く。

「先ほども言ったでしょう、ファイルーズ様にご挨拶をしてください」

「あっ……！」

ファイルーズ様には礼を尽くせ、アザリムとナセルの関係を壊すなと、つい先ほど釘を刺されたばかりだった。

私は慌ててファイルーズ様に頭を下げる。

「ファイルーズ様、お取りこみ中失礼します。リズワナを連れて参りました。騒がしくして申し訳ございませんでした」

「いいのよ、カシム。あなたがリズワナね」

ファイルーズ様は私の目の前に立つと、両手を私の肩に置いた。

「リズワナ。ことの顛末《てんまつ》をアーキル殿下から聞きました。このザフラがあなたに無礼を働いたと」

「いいえ、そんなことはなくて……」

ファイルーズ様の言う「ことの顛末《てんまつ》」というのが、私が地下牢に入れられたことを指しているのだとしたら、その元凶はザフラお姉様ではなくむしろ女官長ダーニャの方だ。

私を捕まえるようにお姉様に指示したのもダーニャだし、杖を投げて怪我をさせたのもダーニャ。お姉様はダーニャに従っただけ……とも言える。

（その上、ダーニャとザフラお姉様を引っ掻いて怪我をさせたのはこちらのルサードだし……）

黙ったままの女官長ダーニャに目をやると、彼女は気まずそうに私から眼をそらした。

これは完全に、責任逃れをするつもりに違いない。

「ファイルーズ様。ザフラ様は私に危害を加えたりはしておりません。いろいろな行き違いがあっただけで、むしろ私の猫がザフラ様と女官長のダーニャ様を引っ掻いて怪我をさせてしまったのです」

「でも、あなたの頬にも傷が残っているわ。部屋の玻璃《ガラス》も割れていたし、ダーニャの杖も窓の外に落ちていた。ザフラが杖を投げて、あなたに怪我を負わせたと聞いています。殿下の女に傷を負わせた者は、湖に沈めるのが習わしなのよ」

「湖に……⁉　それはどうか、おやめください！　こんな傷跡はすぐに治ります！」

「……まあ、あなたが許すと言うのなら湖に沈めるのはやめてもいいのだけれど……

でも、この者をアーキル殿下の目に触れさせるわけにはいきません。後宮《ハレム》の外で小間使いに致しましょう」

平然と言ってのけたファイルーズ様の隣で、ザフラお姉様はハッと顔を上げた。

「ファイルーズ様！　違うのです、私がやったのではないのです……！」

泣き叫んでファイルーズ様のドレスの裾を掴んだザフラお姉様を、宦官《かんがん》たちが引き剥がして連れていく。

これではあまりにもお姉様が可哀そうだ。小間使いの仕事など、プライドの高いお姉様に務まるわけがない。

私は思わず、ファイルーズ様の前に跪《ひざまず》いた。

「ファイルーズ様。ザフラ様はバラシュの名家であるハイヤート家の娘で、不自由なく大切に育てられてきたんです。小間使いとして働かせるくらいなら、バラシュに戻していただけませんでしょうか」

「偉そうに言うんじゃないわよ！　全部あなたのせいよ、リズワナ！」

せっかくお姉様を庇おうとしているのに、後ろから当の本人が邪魔をしてくる。

小さい頃から目に入れても痛くないほどお父様から可愛がられていたお姉様なら、後宮《ここ》にいるよりもバラシュに戻った方が絶対に幸せになれるはずだ。

（お姉様、少し黙ってくれればいいのに……）

宦官《かんがん》の腕に噛みついて暴れるお姉様を振り向くと、それまで黙っていたファイルーズ様が声を上げた。

「やめなさい！　うるさいわ！」

側にあった水瓶《みずがめ》を手に取ると、ファイルーズ様は思い切りそれを床に打ち付けた。大きな音を立てて、瓶の破片があたりに散らばる。

唖然とする側女《そばめ》たちをよそに、ファイルーズ様は怒りを露わにしてザフラお姉様を睨《にら》みつける。

後ろで控えていたカシム様は、ファイルーズ様の手を取って椅子に座らせた。破片で足を怪我しないようにというはからいだろう。

まったく、後宮《ハレム》の女性たちは苛立つとみんな何かを割る癖でもあるのだろうか。

先日玻璃《ガラス》を割ったばかりのダーニャは、慌ててファイルーズ様のもとに駆け寄って跪《ひざまず》いた。

「ファイルーズ様、今回に限りお許しいただけませんでしょうか。ザフラの失態は、私の管理が行き届かなかったせいです。今後はきちんと指導いたしますので……」

「ダーニャ。こんな娘をアーキル殿下の前に出すわけにはいかないの。分かるでしょう？」

「しかしファイルーズ様、小間使いはさすがにあまりにも……」

「……分かったわ。リズワナもダーニャもうるさいわね。ではザフラは小間使いではなく、しばらくの間私の侍女をなさい。直接私の目の届くところで働いてもらいましょう」

小間使いではなく、ファイルーズ様の侍女。

寛容な沙汰に見えなくもないが、皇子妃の侍女では余程のことがない限り皇子の側《そば》女《め》にはなれない。

お姉様が後宮《ハレム》に来た目的が、絶たれてしまうことになる。

(だから、バラシュに帰った方が幸せだと思ったのに……)

悔しそうな顔をしたザフラお姉様は、唇を噛んだままその場で立ち尽くしていた。

◇

数日後、私はファイルーズ様に誘われて、カシム様と共に後宮《ハレム》の中庭に向かった。

回廊からは、私が初めて後宮《ハレム》に来た時に通った、美しい庭園が見える。

そしてその庭園には以前と同じように、元気に遊ぶラーミウ殿下の姿があった。

「ラーミウ様は体がお小さいわ。しっかり食べてらっしゃるの？」

前を歩くファイルーズ様が振り返り、心配そうな顔でカシム様に尋ねる。

「調べておきます、ファイルーズ様」

「そうね。それに、今日もこんなに暑いのだから、お茶も出して差し上げてね」

「承知いたしました」

カシム様はいつものようにニコニコしながらファイルーズ様に頭を下げ、庭園を走り回るラーミウ殿下のもとに向かう。

そのカシム様の背中を、ファイルーズ様は不安そうに見つめている。

（ラーミウ殿下のことが、そんなに心配なのかしら。とてもお元気そうに見えるけど……）

後宮《ハレム》を束ねるのがファイルーズ様のお役目だから、細かなところまで気を配っているのかもしれない。

ファイルーズ様はアーキルの第一妃で、必然的に後宮《ハレム》を取りまとめる役割を担う立場だ。後宮《ハレム》に住まう者はすべて、ファイルーズ様の管理の下にある。アーキルと共にここに暮らすラーミウ殿下もアーキルの従者として仕えるカシム様も、その例外ではない。

（それにしても、ファイルーズ様は随分とカシム様と距離が近いわ）

私が覚える一番大きな違和感はそこだ。

皇子妃と、皇子の従者――そんな関係の二人が、まるで直接の主従関係にあるかのように気持ちが通じ合っているように見える。

短い言葉でお互いの意図を理解し、離れた場所にいても視線で通じ合っている。まるで、昔からの恋人同士のように……

と、そこまで考えて、私はハッと我に返った。

(駄目よ、ただの希望的観測ね。ファイルーズ様がアーキルの第一妃だということに気持ちがざわついて、自分に都合よく考えようとしているだけだわ)

回廊からラーミウ殿下を眺めるファイルーズ様の隣に、私も並ぶ。

「リズワナ、聞きたいことがあるの」

「はい、ファイルーズ様。なんでしょうか」

「こんなことを聞くのは恥ずかしいのだけど……どうすればアーキル殿下に好かれるかしら」

「え?」

眉を下げ、困ったような表情で、ファイルーズ様は私を見る。

「アーキル殿下から聞いているかもしれないけど、私はここに来てから殿下に寝所に呼ばれたことがないのよ。ナセルから嫁いできてから、ただの一度も」

ファイルーズ様の銀髪の後れ毛が、風に揺られて美しく光る。

こんなに素敵で美しい方が、私にこんなことを聞くなんて。

前世でナジル・サーダとの恋は実らず、今世ではアーキルに魔法のランプの魔人だと思われている、この私に？

前世でナジル・サーダの妻となった女性は、美しくてとても女性らしい方だと、ナジル本人から聞いた。もしも彼が今世で生きていたら、きっとファイルーズ様にも惹かれただろう。

（その証拠に、ナジルの生まれ変わりかもしれないアーキルが、ファイルーズ様を妃にしているし……）

たまたま見た目だけは美しく生まれた私が、いくらか弱い儚《はかな》げ美人を演じたところで、ファイルーズ様のようにはなれない。私からすれば、羨ましい存在なのに……

そうやって自分を卑下しながらも、「アーキルに一度も寝所に呼ばれたことがない」と聞いて、どこかホッとしている腹黒い自分がいる。

「ファイルーズ様。私のような者に、ファイルーズ様にお教えできることはありません」

「でも、あなたは何度もアーキル殿下と夜を共にしている。それに、あの他人にまったく興味のない冷徹な殿下が、わざわざ地下牢まであなたを迎えに行ったと聞いたわ。それとも、殿下があなたを呼ぶ理由が他にあるの？」

ファイルーズ様は真っすぐに私を見た。

「ファイルーズ様は、ナセルの王女様とお聞きしました。魔法を使えたりなさいますか？」

「なぜ？」

「いえ、アーキル殿下はもしかしたら、魔法がお好きかもしれないな……って……」

（ナセルの魔法でアーキルの呪いが解けたらと思ったのだけど、さすがに今ここでその話をするのは性急すぎたわ）

「リズワナ。アーキル殿下は魔法を使って何かしようとなさっているの？」

「えっと、あ、そういうわけじゃなくて……魔法にご興味があるかもしれないって思っただけです」

「確かにナセルは魔法の国と言われている。でも、私自身は魔法を使うことはできないの。代わりにこうして魔石を身に付けているわ。ナセルの王族の中で魔法が使えないのは私だけなのよ。もしかして、前世で魔力を使い果たしでもしたのかしら」

「前世で魔力を……」

前世という言葉に、私は思わず目を見開いた。

（ファイルーズ様も前世の記憶を持っているなんてこと……そんな偶然ないわよね？）

ファイルーズ様は特に変わらぬ様子で、回廊の手すりに両手をそっと乗せて外を見た。前世という言葉も、特に意味があって使ったわけではなさそうだ。

「ファイルーズ様は、今のままで十分お美しいです。私なんかよりも……」

「あら、随分と自信がないのね。あなたはとても綺麗よ。私はナセルの九番目の王女で、国に捨てられたの。アーキル殿下は私を妻としてではなく、人質としか思っていないのよ」

「……ご兄弟がたくさんいらっしゃるのですね」

「ええ、上に八人の王女がいるし、兄弟も十人以上いるかしら。ナセルでは王位を継がない兄弟王子を殺す慣習はないけれど、このアザリムでは全員殺すわよね」

ファイルーズ様はそう言って、こちらの反応を確認するように、その大きな瞳で私を見た。

「ファイルーズ様！」

ラーミウ殿下と手を繋いで戻ったカシム様が、ファイルーズ様の言葉を遮《さえぎ》った。いつの間にラーミウ殿下をこちらに連れてきていたのだろう。先ほどのファイルーズ様の言葉を、もしラーミウ殿下が聞いていたら？

恐ろしくなった私は、ラーミウ殿下の顔色をうかがった。

殿下はカシム様の右手をぎゅっと握っている。

「あら、カシム。ラーミウ殿下の遊びの邪魔をしては駄目じゃないの。さあ、殿下。私と一緒に遊びましょう」

「はあい、ファイルーズさま」

ファイルーズ様はラーミウ殿下を連れて、再び庭園のほうに向かう。噴水の縁から水に手を入れて楽しく遊ぶ姿は、とても仲がよさそうだ。

ファイルーズ様の『アザリムでは皇子を全員殺す』という言葉は、ラーミウ殿下には聞こえていなかったようでホッとした。

（いつもああやってお二人で遊んでいらっしゃるんだろうな）

私も庭園に向けて歩き始めると、すぐにカシム様が私の隣に並ぶ。

「リズワナは姉妹に優しいのですね。なんだか羨ましいです」

「……姉妹って、誰のことですか？」

「ザフラですよ。あんな目に遭わされたのに、まだ姉を守ろうとするとは。美しい姉妹愛ですよね」

「カシム様、私たちが姉妹であることをご存じだったのですね……」

「ええ、もちろん。後宮《ハレム》におかしな素性の方を迎えるわけにはいきませんから、事前の調査は欠かしません」

「このことを、アーキル殿下には……？」

「害がなければ、別にわざわざそんなことまで報告しませんよ」

カシム様は意地悪そうな顔で答えた。

「羨ましいと仰《おっしゃ》いますが、カシム様にも兄弟がいるのですか？」

「いましたよ。まあ、昔のことですが」

カシム様は私に向かって微笑むと、噴水の側で遊んでいるファイルーズ様とラーミウ殿下のほうに小走りで向かう。

（カシム様……ご兄弟がいたのに亡くなってしまったのかもしれないわね）

あんなにいつもニコニコしているカシム様にも、心の傷があるのかもしれない。私はそれ以上カシム様に詳しく聞くことはせず、三人の姿を離れた場所から見つめていた。

しばらくラーミウ殿下と庭園で走り回って遊んだ後、ファイルーズ様はカシム様を連れて先に後宮《ハレム》に戻った。

『宴の準備をしなければならないから』

そう言って、去り際に私のほうを振り向いて会釈をしたファイルーズ様の顔には、どことなく陰があるように見えた。

ファイルーズ様が準備しようとしている宴というのはきっと、私をアーキルの寵姫として披露するためのものだ。

（ファイルーズ様にとって、私は邪魔者。そんな私のために宴の準備をしていただくなんて……）

名実共にアーキルの第一妃となることを望んでいるファイルーズ様にとって、私を迎えるための宴の準備をさせられることは屈辱だろう。

第一妃に宴の準備を任せて、身分の低い私がこうしてラーミウ殿下とゆっくり散歩しながら過ごすなんて……と、心が痛む。

「ねえ、リズワナ！　アーキル兄上はとってもかっこいいんだ！　リズワナも知ってるでしょ？」

「はい、よく知っています。アーキル殿下はラーミウ殿下のことをとても大切に思っている、素敵なお兄様ですね」

「ねえ……リズワナは、兄上に怒られたりすることはあるの？」

「なぜですか？　怒られたことは、あると言えばある気もしますが」

（怒られるどころか、長剣《サーベル》を振り回して殺されそうになったこともあるけど）

「本当？　僕だけじゃないんだ。よかった！」

「あら、ラーミウ殿下。どういうことですか？」

「ずっと前に、雷がゴロゴロ鳴って怖かった日に兄上の部屋に行ったんだ。でも、こっちに来るな！　って怒られたの。一人で寝るのが怖くて、兄上と一緒に寝たかっただけなのに」

「ラーミウ殿下……」

（それはきっと、呪いのせいで……）

ラーミウ殿下とつないだ左手に、思わずぐっと力が入る。

アーキルは不眠の呪いで苦しむ自分の姿をラーミウ殿下に見せたくなくて、あえて厳しい言葉でラーミウ殿下を遠ざけたのだろう。

弟を守ろうという思いで取ったアーキルの行動が、逆にラーミウ殿下を傷付けることになったのだ。

やはり、人を呪うことは絶対に許されない行為だ。私はそう心の中で再確認する。

（早くアーキルに会いたいな）

妙に心細くなって、今朝別れたばかりのアーキルの顔を思い浮かべる。

ラーミウ殿下と別れ、自室に戻った私のもとに、あの女官長ダーニャがやってきた。

「リズワナ。湯浴みの準備ができました」

気に入らない相手に頭を下げざるを得なくなり、ダーニャは明らかに不機嫌そうだ。

「あなたの世話をするなど不本意です！」と、はっきり顔に書いてある。

しかし、私を寵姫にすると言って宴を催《もよお》すことを決めたのはこの後宮《ハレム》の主であるアーキルだ。アーキルの命令には、誰も逆らえない。

浴場で体を洗ってもらいながら、私はいろいろと考えを巡らせる。

アーキルの呪いは、一体誰がかけたものなのだろうか。

生まれた瞬間に呪いをかけるなんて、余程強い恨みを持った者の仕業としか思えない。

アーキルの誕生をよく思わない人々……例えば、皇帝陛下の後宮《ハレム》の妃たち。もしくは、ラーミウ殿下のお母様が、ラーミウ殿下を次期皇位につけるためにアーキルを呪ったとか。

いや、アーキルが生まれた頃には、まだラーミウ殿下のお母様は後宮《ハレム》にいなかったはずだし、そもそもラーミウ殿下は生まれてすらいない。

（アーキルを呪って得をする人なんていないわ。一体誰なの？）

答えの出ない問いに頭を抱えながら湯浴みを終え、侍女たちに寄ってたかって化粧をされた私は、アーキルのもとに向かう。

今から私は、後宮《ハレム》中の人が見守る中で、アーキルの寵姫としてお披露目されることになる。

「アーキル、お待たせしました」

バルコニーにいたアーキルに後ろから声をかけると、アーキルはゆっくりと振り返った。

「……綺麗だ、リズワナ」

「そうですか？　なんだかものすごく派手に飾り立てられてしまって。恥ずかしいです」

「元々お前は美しい。こうして磨けば、間違いなくアザリムで最も美しい姫だ」

いつもの冷徹なアーキルとは違い、今日のアーキルはとても甘い。

(私のことを、ランプの魔人だと勘違いしているくせに)

私はアーキルに手を引かれ、バルコニーへ誘《いざな》われる。

昼間の暑さとは打って変わって、夕方のアザリムの都は肌寒い。乾いた冷たい風に吹かれて、衣の裾がひらひらと揺れた。

こんな美しい服を着せてもらったのは初めてだ。

バラシュではいつもお姉様たちが着なくなった古い服を着ていたし、前世でだって、女戦士だった私は女性らしく着飾ったことはほとんどない。

歩くたびにシャンシャンと小さく響く装飾品のこすれる音も、豪華なドレスを着慣れない私にとってはなんだか気恥ずかしくてたまらない。

足元ばかり見ながら歩く私の顎《あご》に、アーキルがそっと指を添える。

「下ばかり見るな。前を向け」

顎《あご》をぐいっと持ち上げられると、後宮《ハレム》中が見渡せる眺めのいいバルコニーの向こうに、アザリムの都が広がっていた。

青いタイルで装飾された宮殿が、夕焼けの空によく映える。

バルコニーの階下を見ると、そこにはたくさんの側女《そばめ》や宦官《かんがん》たちが集まっている。

ファイルーズ様にラーミウ殿下。そしてその傍に、カシム様の姿も見えた。

（あ、ザフラお姉様も……）

人々の間を縫《ぬ》って忙しなく食事を運んでいるのは、ファイルーズ様の侍女として働き始めたザフラお姉様だ。

皿を運ぶ手元がおぼつかない姿が心配で、ついつい動きを目で追ってしまう。

「リズワナ。皆がお前に注目している。見ろ」

「え？　私に？」

アーキルに言われてよく見ると、確かに下にいる皆の視線は私たちに向けられている。彼らが見ているのは、アーキルだろうか？　それとも私？

「手を振ってみろ」

アーキルに言われ、私は恐る恐る皆に向けて小さく手を振ってみる。すると宴に興じている人たちから歓声が上がった。

アーキルが側に来て、私の腰を抱き寄せて笑う。

「アーキル、私にはこんなこと……私はただ、アーキルを眠らせることができたというだけなのに」

アザリムの辺境の街バラシュで育った田舎娘の私が、こんな華やかな場所で皆の注目を浴びることになるなんて。

アーキルを眠らせることができたのはルサードのおかげであって、私だけの力ではない。

こんな華々しい場所に、私は似合わない。

皆の視線から逃れようと、バルコニーの手すりから手を離す。そのまま後ろに数歩下がった私を、ザフラお姉様が悔しそうな顔で見上げていた。

(ザフラお姉様も、私のことがますます嫌いになったわよね。それに、ファイルーズ様も私たちのことを見ているのに……)

「どうした? 浮かない顔をして」

「……いいえ、なんだか私には分不相応な気がしてしまって」

「なぜだ? 俺はお前を気に入っていると言っただろう。俺の寵姫にはこれでもまだ足りないくらいだ」

私の弱音を鼻でふふんと笑うと、アーキルはバルコニーに準備された絨毯《じゅうたん》の上を指差した。そこには豪華な食事や飲み物が並んでいる。

宴の準備が整って侍女たちがアーキルの部屋から下がるのと入れ替わりに、ルサードがのそのそとやってきた。私たちの前に寝転ぶと、退屈そうな声で「にゃあーん」と鳴く。

きっとこの宴は、アーキルとファイルーズ様が私のために心をこめて準備してくれたものだ。アーキルに寵姫だと言ってもらえて嬉しいはずなのに、私の心は逆に深く沈んでいる。

第一妃ファイルーズ様の、アーキルへの想いを知ってしまったこと。

そしてそのファイルーズ様が、ラーミウ殿下がいつか命を奪われる運命であることを、さも当然かのようにあっさりと語ったこと。

今日一日で起こったこの二つのことが、どうしても心から離れない。

絨毯《じゅうたん》の上に並んで座る私たちの前ではもう陽が落ちて、赤かった空の色は少しずつ闇に飲まれ、宮殿の青に溶けていく。

「アーキル、一つ聞いてもいいですか？」

「ああ、なんだ」

「……皇帝陛下の代替わりの時に兄弟皇子の命を奪うアザリムの慣習について、アーキルはどう思っていますか？」

「どうした？　なぜ今そんなことを？」

「数百年前の前世で、ナジル・サーダが私に言ったのです」

私はアディラとナジルとの間で起こった出来事を、少し話した。

数百年前、まだここアザリムがアザルヤード帝国と呼ばれていた頃。イシャーク皇帝陛下がナセルとの戦いを終えて国に戻り、陛下の兄弟皇子たちの処刑の準備が始まった時の話だ。

兄弟皇子たちの命を奪うことは許さないというイシャーク皇帝陛下の命に背き、宰相たちは兄弟皇子たちの処刑をさっさと決めてしまった。

私と一緒にイシャーク皇帝陛下に忠誠を誓っていた、第三宰相のナジル・サーダもそれを止められなかった。

「あの時ナジルが本当はどう思っていたのか、分からないんです。皇子たちの処刑を本気で止めたいと思っていたのか、それとも諦めていたのか。もしもアーキルの前世がナジルだったのなら、彼が何を考えていたのか分かるかなと思って……」

「絶対に廃止してやる、と言っただろうな。俺がそのナジル・サーダであるなら。何があっても兄弟の命を守ったはずだ」

「……え？」

アーキルは周囲に人がいないことを確かめると、私を抱き寄せて耳元で言う。

「実は今、それと同じ状況になっている。父上はもう長くない。じきに俺が皇位を継ぐことになるだろう」

「……皇帝陛下が⁉」

「数年前から病に臥《ふ》せっている。もしも俺が即位することになったとしても、ラーミウを殺させたりしない。絶対に」

「アーキルは、ラーミウ殿下を守るためにこの後宮《ハレム》に連れてきたのですか？」

「ああ、そうだ。ラーミウを……血の繋がった家族を殺すことなど、許されることではない。前世の俺も、きっと同じ思いだっただろう」

（……！）

迷いも曇《くも》りもなく明言したアーキルの言葉に、私の頬を涙が伝う。

私が信じた通り、きっとナジルもあの時、兄弟皇子のお命を守りたかったのだ。

いくら宰相になったと言っても、ナジルの周りは年上の重鎮ばかりだった。必死で訴えたところで自分の意見は聞いてもらえず、泣く泣く諦めたに違いない。

『――僕は愛する人を妻に迎える。今はとても大事な時なんだ、下手には動けない』

一緒に兄弟皇子を救おうと私と誓いあったナジルが言ったあの台詞《せりふ》は、きっと何かの間違い。私の記憶違いだ。

ナジルは、イシャーク陛下への忠誠を捨てたわけではなかった。

アーキルを通して前世でのナジルの本心を聞き、私の涙は止まらない。

「どうした？　俺が何か変なことでも言ったか？」

「いいえ、もう大丈夫です。アーキルの言葉を聞いて、元気になってきました！」

「……そうか？　よく分からんやつだ。そうだ、お前に見せたいものがある。絶対に気に入るぞ」

「見せたいもの？　なんでしょうか、楽しみです！」

涙を拭い、私がアーキルに笑いかけたその時。

思わず耳を塞ぎたくなる爆音と共に、突然夜空が明るく光った。

（この爆音は、敵襲⁉　空からの光なんて、もしかして誰かが魔法で爆発を起こしたのかしら）

私はアーキルが絨毯《じゅうたん》の上に置いていた長剣《サーベル》を咄嗟《とっさ》に手に取ると、アーキルを庇うように低い姿勢で構えを取る。

側にいたルサードも、猫の姿のまま私の横で低く唸《うな》りを上げた。

爆音は鳴りやまない。

下の階にいる者たちからも、悲鳴のような高い声が上がった。

「アーキル！　これは何かの戦いの合図でしょうか！」

アーキルを思い切り柱の陰に突き飛ばし、私は急いでバルコニーの陰に背中を付けて身を隠す。

空からの攻撃に、こんな長剣《サーベル》一本では立ち向かえない。まずは敵の位置を捉え、そこから策を考えなければ。

「……リズワナ。お前は何を言っているのだ？」

私に突き飛ばされて柱の陰に倒れたアーキルが、よろよろと起き上がる。

「アーキル、危険です！　空の上から攻撃を仕かけてくる者など、過去にいましたか⁉　まず敵の位置を特定しなければ！」

「……落ち着け、あれは花火だ」

（花火？）

「え？」

「お前のために準備させた。反対側の空を見ろ」

恐る恐る立ち上がり、バルコニーの手すりに両手をかけて、湖のある方角を覗いてみる。

すると、下からしゅるしゅると小さな光が上がった。一瞬の静寂の後、大輪の花のように色とりどりの火花が夜空いっぱいに咲く。

「花……火……？」

「お前に見せようと思って準備させたのだが」

「あれは、敵襲ではないのですね……？」

アーキルは私の隣に並び、ガハハと笑う。

「敵襲などではない。嫌なことは忘れて楽しむといい」

夜空に次々と打ち上がる花火は、とても美しい。

火をこんな風に使うのを見るのは初めてだし、もちろん前世でも見たことがない。

見惚れてぼーっと空を眺める私のところまで、下の庭園で楽しそうにはしゃぐラーミウ殿下の声が響いてくる。

「綺麗……」

こんな風に時間を忘れて美しい光景に見入ったことが、かつてあっただろうか。

前世では戦いにあけくれ、皇帝陛下をお守りすることに人生のすべてを注いだ。爆音を聞けば戦いの始まりだと思ったし、火を見れば仲間は無事かと気を揉んだ。

(まさか私が、こんな穏やかな気持ちで夜空を見上げる日がくるなんて……)

「アーキル、とても美しいです。私のためにありがとうございます」

「リズワナ。お前の前世がどんなものだったのかは知らんが、今お前のいるこのアザリムの国では敵襲に怯《おび》える必要などない」

「そうですよね。自分でも気付かないうちに、身構えてしまっていたのかもしれません」

リズワナ・ハイヤートとして生まれ変わったのに、私はいつまでもアディラ・シュルバジーという過去に囚われ、支配されていた。

今世では生まれ変わったナジル・サーダを探し、想いを伝え、今度こそ結ばれたい——そんな前世の願いに、ずっと縛られていた。

しかし、今の私の気持ちは少し違う。

私はようやくアディラから解き放たれ、リズワナ・ハイヤートとしての一歩を踏み出した気がする。

私はナジル・サーダと結ばれたいんじゃない。

リズワナ・ハイヤートが心から愛する相手と結ばれたい。

それが私の本当の願いだ。

（だから私も、もうこうして穏やかな時を過ごしても許されるんだ。アーキルと一緒なら……）

建物の影から月が現れて、ルサードがゆっくりと白獅子《ホワイトライオン》の姿に変わる。

絨毯《じゅうたん》の上におもむろに寝転がり、まるで私たちに寄りかかれと言っているかのように、自分のお腹を天に向ける。

私たちは遠慮なくルサードのお腹に頭を乗せて、絨毯《じゅうたん》の上に並んで横になった。

「アーキル」

「なんだ」

「私もラーミウ殿下をお守りしたい。前世で私の記憶が途切れた後に何があったのか、真相を確かめたいんです。兄弟皇子の命を奪う悪習は、本当なら数百年前になくなっていたはずだから」

「そうか……それなら、図書館に昔の記録が残されているかもしれない。アザリムに伝わる書物は、すべてそこに保管されている」

「この前教えてくださった図書館ですね！　本当に私もそこに入っていいのですか？」

「本来は皇族しか入れない場所だが、ラーミウのためだ」

「ありがとうございます！　ラーミウ殿下をお助けするという同じ志を持って一緒に頑張れるなんて……本当にあなたは、ナジル・サーダのようです」

「お前が言うなら、それが真実なんだろう。胸に獅子《ライオン》の痣《あざ》もあるし、それに……」

（それに？）

アーキルはルサードのお腹の上で、私のほうに体を向ける。

瑠璃《るり》色の瞳が、私の目と鼻の先で煌《きら》めいた。

「俺には前世の記憶はないが、一つだけはっきりしていることがある」

「なんでしょう？」

「……俺は前世で、お前を愛していた。それだけははっきりと分かる」

アーキルは私の右手を取り、指先に優しく口付けをする。

生まれて初めての経験に、心がふわふわと浮いて鼓動が高鳴った。

至近距離で見つめ合うのが気恥ずかしくなって右手を離そうとすると、アーキルはますます私の手をしっかりと握る。そして今度は手のひらにも口付けを落とした。

「アーキル！　恥ずかしいので離してください。それに、前世で私を愛していたって、どういうことですか……？」

「お前に琥珀《こはく》の魔石の付いた短剣《ダガー》を渡しただろう？」

「ええ、これです……」

肌身離さず持っていた短剣《ダガー》を、腰から取り外してアーキルに見せた。

琥珀《こはく》色の魔石は、花火の光を反射して瞬くように輝く。

「昔、ナセルの魔女に言われたのだ。その琥珀《こはく》の魔石を操れる者が、俺が前世で愛した相手なのだと。その者を側に置くことで、俺の呪いが解けるかもしれないらしい」

「え？」

「それを操れたのは、この世でお前だけだ」

「じゃあ、まさかアーキルの前世であるナジル・サーダは、私を……いいえ、アディラ・シュルバジーを愛していたということ？」

「そういうことになるな」

アーキルは優しく微笑む。

「嘘よ、だってナジルは私以外の人と結婚するって言っていました」

「しかし実際に、お前はこうして魔石を手にすることができている。それに、お前のおかげで俺は生まれて初めて、眠りにつくことができた」

「それはそうですけど……」

私たちの話を聞いていたルサードは、居心地が悪そうに体勢を変えて起き上がる。ルサードのお腹の上から絨毯《じゅうたん》の上にずり落ちて、私たちは二人とも床でゴツンと頭を打った。

頭を打った痛みなのか、ナジル・サーダが私を愛していたかもしれないことが嬉しかったのか。

私の両目からは涙があふれて止まらない。

せっかく綺麗に化粧をしてもらったのに、きっと今の私の顔は化粧が落ちて真っ黒になっているだろう。

ぐちゃぐちゃの顔を手で覆《おお》い、寝転んだままの仰向けの姿勢で、私はもう一つアーキルに尋ねた。

「それじゃあ、今世では？　今は私の……アディラではなく、リズワナのことをどう思っていますか？」

そこまで口にして、私はハッと口をつぐむ。

（……私ったら、なんということを！　アーキルにとって私は人間ではなく、ランプの魔人なのに！）

恥ずかしくなって身を反転させた私の腰元で、下げていたランプが床とぶつかって鈍い音を立てる。

アーキルにとっての私は、願いを叶えてくれるランプの魔人だ。しかも、残っている願いはあと一つ。その願いを聞いたら、私はアーキルのもとを去らねばならない。アーキルが私のことを気に入って寵姫としたところで、私たちは期間限定の関係でしかない。

それに、今アーキル自身が口にしたではないか。

リズワナを側に置くのは、そうすることで「自分の呪いが解けるかもしれないから」だと。

（アディラだけじゃなく、リズワナのことも愛してもらいたいだなんて……そんな贅沢を言ってはいけないわ）

「ごめんなさい、アーキル。今の質問は忘れて……」

慌てて手を顔から離してアーキルを見ると、アーキルは半身を起こして私の顔を覗きこんでいた。

「俺は——」

囁《ささや》くようなアーキルの言葉は、ちょうど空に打ち上がった花火の音でかき消される。

なんと言ったのか聞き返す前にアーキルはニヤリと意地悪そうに笑うと、私の唇に優しく口付けを落とした。

◇

「カシム様、早く来てくださいよ！」

私のお供が余程面倒だったのか、アーキルの従者カシム・タッバール様の歩みはまるで牛のように遅い。

「もう、遅いです。カシム様！」

「……リズワナが走るからですよ。何をそんなに浮かれてるんです？」

カシム様は息を切らせながら私の目の前まで来ると、もうこれ以上走るのは無理だと言わんばかりに顔を歪《ゆが》めた。

（早く図書館に行きたくて、少し速く歩きすぎたかしら？）

仮にもアーキルの従者なら、もう少し体力をつけた方がいい。私は呆れながら、目の前にある大きな建物を見上げた。

美しい青いタイルで飾られた大きくて古いその建物は、後宮《ハレム》に初めて来た時にも目にしたものだった。

タイルで描かれた模様と飾り窓の組み合わせはとても美しい。

こんな豪華な建物に住むことができるなんて、なんという贅沢だろうか。

「カシム様、このタイル壁の大きな建物はなんでしょうか？　ここだけ他の建物より大きい気がします」

「ここがあなたのお目当ての図書館ですよ」

「……あら、ここが図書館なんですね！」

数代前の皇帝陛下がまだ皇子だった頃に建てられたというこの図書館には、アザリムの国中に散らばっていた歴史書や史料が集められ、保管されているそうだ。

私とカシム様は図書館の扉を開き、中に入る。

しばらく回廊を進み、開けた場所まで来ると、そこには壁一面に書棚が設けられていた。掃除をしていた女官たちが、私たちを見て慌てて頭を下げる。

「アザリムの皇族しか入れない場所だと聞いていましたが、女官も入れるんですね」

「この場所までは、誰でも入れますね。陛下や皇子殿下しか入れない場所というのは、あちらの扉の向こうのことです」

カシム様が指差した方向の壁には、私の背丈の二倍ほどはある大きな石扉がある。

近付いて見ると、石扉の表面には大きな魔石が埋めこまれている。

魔石の他には取っ手も鍵もないので、どうやらこの魔石がその役目を果たしているようだ。

「向こう側には皇帝陛下の血を引く御方――つまり、この後宮《ハレム》ではアーキル、ラーミウ両殿下しか入れません」

（なるほど。この向こうが、アーキルの言っていた場所なのね）

「私はちょっとこの中に入ってきますね」

「だから、リズワナは入れないんですって！」

腕を組んで呆れるカシム様をよそに、私は石扉の正面、魔石のある場所の前に立った。

ナセル商人と多く取引のあったハイヤート家に生まれた私でも、ここまで立派な魔石を見るのは初めてだ。

腰に下げていた短剣《ダガー》に手をかけると、カシム様はぎょっとした顔で私の手首を掴む。

「まさか、それは例の……」

「はい、アーキルからもらい受けた短剣《ダガー》です。これがあれば図書館にも入れると聞いたので」

「へえ……それを使えば、僕も中に入れるでしょうか？　アザリムの文官として、僕も向こう側にどんな史料があるのか興味があります」

「それは無理だと思います。アーキルからは、他の人を入れないように言われていますし」

「でも、案内役が必要では？」

「カシム様だって入ったことはないのでしょう？　それなら案内なんてできないじゃないですか」

言い返した私の言葉が気に入らなかったのだろうか。

ニコニコと笑っているカシム様の目の奥に、苛立ちの感情が見え隠れする。

（あれ、このカシム様の表情ってどこかで見たような……）

しばらく黙りこんでいたカシム様は、諦めたように大きく息を吐いた。

「……分かりましたよ、リズワナ。しかし僕はあなたをしっかり監視するように、アーキル様からきつーく言われていますから」

「はい、誓っておかしなことは致しません」

「あなたのような奔放な方を監視するのは大変ですよ。ちなみにここに入って何を調べるのですか？」

「ちょっと、昔のことを」

「昔のこと？　……まあ、僕が中に入れないのは致し方ないとして、なんの史料を調べたのかはちゃんと報告してくださいね。あなたが何かやらかした時に怒られるのは、監視役の僕なんですから」

「分かりました。行って参ります」

私はもう一度石扉の正面に立ち、魔石に目を向ける。

短剣《ダガー》に嵌められている琥珀《こはく》色の魔石を、石扉の魔石にゆっくりと近付けると、二つの魔石は呼応するように光り始めた。

ギギイと音を立て、石扉が奥に少しずつ移動していく。

扉の向こうからこちらに向かって光が差していて、眩しくて中は見えない。

（さあ、行くわよ）

私は短剣《ダガー》を胸にしっかりと抱えたまま、光の中に足を踏み入れた。

石扉の中は、外とは打って変わってとても狭い。

建物の中心となるドームの真下の空間なのだろうか。天井だけはやけに高くて、下から見ると屋根が丸い形をしている。

書棚を見てもドーム屋根を見上げても、あちらこちらが埃《ほこり》だらけだ。私はすぐに息苦しくなって、思わず袖で口を覆《おお》った。

「何年も掃除されていないみたい」

一歩進むたびに、床から埃《ほこり》がふわっと舞い上がる。せっかくアーキルにもらった素敵な靴も、あっと言う間に汚れて灰色に変わった。

どこから手をつけていいかも分からない。たまたま目についた書棚の前まで進み、私はその場に座りこむ。服は汚れてしまうが、他に座る場所はないので仕方ない。

「……げほっ！　さて、片っ端から見ていきますか」

とりあえず一冊、目の前にあった本を手に取ってみる。すると、その本の上から塊のような埃《ほこり》が落ちてきた。

そっと埃《ほこり》を払ってパラパラとページをめくってみるが、文体も古く読みづらい。

（この場所に入れるのは皇子だけだと言うけれど、ラーミウ殿下にはまだ難しくて読めそうにないわね）

アーキルのほうは、ここを訪れたことはあるだろうか。

まあ、訪れたとしても、アーキルがこの場所を丁寧にお掃除するとは思えないのだが。

「……クシャン！」

背後で小さなくしゃみが聞こえる。

振り返ると、ルサードがてくてくと歩いて埃《ほこり》に足跡をつけながら寄ってきた。

「ルサード！　あなたいつの間に？　私の後を付いてきたの？」

「にゃあん……クシャン！」

猫にとって、この埃《ほこり》だらけの空間はさぞ辛いだろう。

私だって、この汚さではゆっくり本を読むことは難しい。

「先に掃除をしてからのほうがよさそうね。あの高窓、開けられるかしら」

私は柱をよじ登り、屋根や壁を伝って高窓の枠に手を伸ばす。なんとか窓は開けられそうだ。埃《ほこり》だらけの空気を入れ替えよう。

部屋の隅のほうに、言い訳程度に置いてある箒《ほうき》とハタキを見つけた。ルサードにも手伝ってもらいながら、私は順に埃《ほこり》だらけの書棚を掃除していく。

埃《ほこり》を取ると、本の背表紙が徐々に露わになった。

（ここは異国語の文献。南洋のものかしら？　お食事の絵がとても美味しそう）

（これは、古いお手紙ね。私信のようだけど……これは私が見てもいいの？）

（なるほど、これは国家機密にあたる書物だわ。時代は、五代ほど前のアザリムの皇帝の治世かしら）

お掃除も最後の書棚に差しかかり、背表紙すらついていない古い書物が山積みになっている場所に来た。

紐のようなもので綴《と》じられた書物をそっと手に取って、上に溜まった埃《ほこり》をはらう。

現れた文字を読んでみると、どうやらこの書物は昔の神話のようだった。

何枚かめくってみると、耳慣れた言葉がところどころに記されている。

「ねえ、ルサード。これって、ルサードが語ってくれたのと同じ神話じゃない？　風神ハヤルの名が書いてあるもの」

一枚目に戻り、書かれた文字を改めて目で追った。

今と違って言葉の言い回しは多少古いが、確かにルサードが語ってくれた神話と同じ物語だ。

（こんなに古い時代から語り継がれた物語だったのね）

私は夢中になって紙をめくっていく。

「これ、ルサードが語ってくれたお話よりも、もっと先があるじゃない。こんな結末だったんだ……」

一体どれくらいの時間読みふけっていただろうか。

ふと気が付くと、もうすでに部屋の中が薄暗くなり始めていた。

（わっ！　駄目よ、今日の私はアザルヤードの歴史を調べに来たんだから！）

慌てて神話を棚にしまうと、次の棚に取りかかる。

「どこかしら……数百年前の書物なんて、もうボロボロになっているかも」

その時、ルサードが私を呼ぶように「にゃあ」と鳴いた。

急いでかけつけると、そこにはルサードの爪で埃《ほこり》が取り除かれた部分から、「系譜」の文字が見える。

（まさか、皇家の系譜……!?）

「これを遡《さかのぼ》れば、もしかしてイシャーク陛下のことも分かるかも」

背中に乗ったルサードと共に、紙をめくって読む。

しかし、そこには私の期待した内容は記載されていなかった。

「……これは、アザルヤードがアザリムとナセルの二つの国に分かれた後の系譜だわ。私が知りたいのはもっと前、アディラ・シュルバジーがまだ生きていた頃のものよ」

「にゃあっ、にゃあーん！」

「あら、ルサード。まだ何かあるのね？」

私の背中から飛び降りたルサードが前足で触れたのは、木でできた小さな箱だった。棚の端のほうに、書物の隙間に隠されるように置いてある。

両手の上に乗せられるほどの小さな木箱には、この部屋に入る時と同じような魔石が付いていた。

恐らくこの魔石も、鍵になっているのだろう。短剣《ダガー》の魔石をかざすと、カチャリと音がして蓋が開いた。

中には筒状に丸まった小さな紙が一枚入っているが、すでに部屋の中が暗くて文字がよく読めない。しかしこの紙もまた、皇統の系譜のようだった。

「イシャーク……イシャーク陛下のお名前があるわ！」

ところどころ消えてしまってはいるが、恐らく今見ている箇所が、イシャーク・アザルヤード皇帝陛下の系譜だろう。

私の記憶の中では、イシャーク陛下にはまだ御子はいなかった。

イシャーク陛下の後に帝位を継いだのは、誰だろうか。

「イシャーク陛下の次の皇帝は、サーディ……ザリ……ザリ＝ア……？」

部屋の中は暗くなり、もう肉眼では文字が読めない。図書館にはランプも置いていないから、また明日改めてここに来るしかなさそうだ。

「仕方ないわ。ランプの灯りから本に火が付いたら大変だもの。さすがに高窓からの月明かりだけでは暗すぎて読めないし……」

（……ん？　月明かり？　しまった！）

恐る恐る後ろを振り返ると、ルサードはすでに月の光を浴びて白獅子《ホワイトライオン》の姿に変わっている。

「わっ！　高窓を開けたままにしていたから、月が見えてしまったのね。どうしよう……！」

『リズワナ。次に白獅子《ホワイトライオン》の姿になった時に絶対に伝えようと思っていたことがある。ハッキリ言おう、俺の前でアーキルといちゃつくのはやめろ』

「……えっ、ええっ⁉　いちゃつくだなんて、何を言っているの？　それに、今そんなことまったく関係ないでしょ⁉」

『目の前で生々しく口付けを見せつけられる俺の気持ちを考えたことがあるのか』

「やだやだ‼　何を言うのよ、恥ずかしいからやめてっ‼」

『俺を枕にしておきながら、寝所でもいちゃつき始めたら……その時はどうなるか分かっているのだろうな?』

「だから、今はそんなことよりも!」

今はここからどうやって出るのかを考えるのが先決だ。

きっとカシム様は、石扉の向こうで私たちが出てくるのを待っている。

(ルサードがこんな姿になったのに、どうやって外に出たらいいの?)

しばしの作戦会議の後、私とルサードは意を決して石扉の前に立った。

入った時と同じように魔石をかざして扉が開くのを待ち、私が先に部屋を出る。

(いたわ、カシム様)

カシム様は、頬杖をつきながら机の上のランプの下で本を読んでいた。私が石扉から出てきたことに気が付いて、手元の本をパタリと閉じて立ち上がる。

「……リズワナ。待ちくたびれましたよ。随分と遅かったじゃないですか」

「申し訳ありません。もしかして、退屈してました?」

「はあ? 何を気にしてるんですか?」

「いえ、ごめんなさい。なんでもないです」

目の奥だけ怒っているカシム様としっかりと目を合わせたまま、私はゆっくりとカシム様の周りを、半円を描くように逆側まで歩く。カシム様は私の動きに合わせて体の向きを変え、最後は石扉のほうに背を向ける形になった。

（ルサード、今よ！）

カシム様に気付かれないようこっそりルサードに目配せすると、石扉の陰で息をひそめていた白獅子《ホワイトライオン》姿のルサードが、ゆっくりとこちら側に出てくる。

ルサードの体が完全に扉をくぐり終わると、大きな石扉は自動的に音を立てて閉まった。

（――ギギイィ）

「うわあぁっ！　ぐうぉっほん‼　ぶえっっくしょい！」

石扉の音に反応して後ろを振り向こうとしたカシム様を止めるため、私は思いっきりくしゃみの真似をして気を引いた。

「……リズワナ。アーキル様の寵姫なら、咳とくしゃみはもう少し上品にお願いできますか？」

「うわぁ、ごめんなさい。バラシュの田舎者ってこれだから本当に嫌ですよね」

大げさにズビズビと鼻をすすって見せると、カシム様は不快そうな顔で苦笑した。

「それにしても、カシム様。こんなに長い時間、ここで何をなさってたんですか？」

「僕もいろいろと忙しいのでね。ここで仕事をしていました。ちょうどここには必要な史料も揃っていますし」

「カシム様はアーキルの従者でもあるけど、文官でもありますもんね」

「ええ。アーキル様から助言を求められることもあるので、時間を見つけていつも学んでいますよ」

「へえ……！　常に学び続けるなんて、カシム様って本当に優秀で素晴らしいですね!!」

わざとらしくカシム様を褒めたたえながら、私はルサードにちらと視線を送る。ルサードが図書館の建物の出口に向かって歩を進めるのに合わせて、私はルサードがカシム様の背中側になるように、再び半円を描きながら少しずつ移動していく。

「いつもカシム様は、どんな勉強をなさっているんですか？」

「そうですね。例えば今は、呪いのことかでしょうか」

「……呪いのこと⁉　まさか、アーキルにかけられた呪いのことを調べているんですか？」

「ええ。アーキル様には生まれたその瞬間から呪いがかけられていました。ということは、前世で何者かに呪われた可能性が高いのではないか……というところまでは分かりました」

「前世……」

カシム様は私の反応をうかがうように、じっと私の顔を覗きこむ。

またしても、前世の話だ。

カシム様といい、ファイルーズ様といい、私との会話のあちらこちらに前世という言葉が登場するのは偶然だろうか。

アディラ・シュルバジーの生まれ変わりである私。

そして、ナジル・サーダの生まれ変わりであるアーキル。

（前世という言葉を口にするカシム様やファイルーズ様も、もしかして前世の記憶を持っている？）

悩む私の視線の先で、ルサードがそろそろと出口に近付いていく。

あと少し。もう少しでルサードは、カシム様に見つからず無事に外に出られる。

「カシム様。アーキルは一体、誰から呪われたのでしょう？　そもそも呪いをかけることができるのはナセル出身の者だけです。アザリムの者は魔法が使えませんから、呪うことだってできませんよね」

「ナセルの者がアーキル様を呪ったと？　魔法を悪用したのではないかと仰《おっしゃ》っていますか？」

「ええ。だって、そうとしか……」

「リズワナ。僕は何度も言いましたよね。ファイルーズ様に敬意を払うようにと。ファイルーズ様がどこのご出身か、あなたもご存じのはずですよ」

（ファイルーズ様のお名前なんて、口に出していないのに）

ナセルの者、と言っただけでファイルーズ様と繋げて考えるなんて、どうもカシム様はファイルーズ様のことになるとやけにうるさい。

(アーキルが呪われたのが前世の出来事なんだとしたら、ファイルーズ様はまったく関係ないじゃない。むしろ、前世でナジルの側にいた唯一のナセル出身者と言えば——)

前世を思い出そうとしている私の前で、カシム様の苛立ちが増幅していく。

「リズワナ! 僕の話を聞いていますか⁉」

「別に私は、ナセルを悪く言いたかったわけではありません。ファイルーズ様のことだってそうです。でも、呪いをかけたり呪いを解いたり……そんなことが魔法によってできるのなら、ナセルの魔法の力を使ってアーキルの呪いを解くこともできるんじゃないかと思ったんです。それこそファイルーズ様のお力をお借りして」

「しかしね、リズワナ」

カシム様が一歩近付き、私の両腕を掴む。

その動きに反応したルサードが、あと一歩で外に出られるという手前で、出口の敷居の木を踏んで音を立ててしまった。

白獅子《ホワイトライオン》の体重を支えてメキメキッと敷居が軋む音に、カシム様は私の両腕を掴んだまま、ルサードを振り返る。

その瞬間――私は咄嗟《とっさ》に、右手でカシム様の首に一撃を入れた。

「うっ……！」

うめき声と共に、カシム様は意識を失ってその場に倒れこむ。

頭を打たぬように体を支え、私は彼をゆっくりと床に横たえた。

（やっちゃった……）

いくらルサードの秘密を知られそうになったからといって、アーキルの従者を気絶させるのはやり過ぎだった。こんなことを皆に知られたら、後宮《ハレム》中が大騒ぎだ。

衣の胸元を掴んで軽く揺すりながらカシム様の名前を呼んでみるが、彼は目を開かない。

「私ったら、大変なことをしちゃったわ」

『殺したのか？』

「そんなわけないでしょう⁉　力を加減したから、明日の朝くらいには目を覚ますと思う。とりあえず、ルサードはすぐに外に出て！　図書館の裏側から回りこんで部屋に戻れる？　誰にも見つからないように気を付けてね」

『ああ。俺は問題ない。リズワナも気を付けろよ。また牢に入れられないようにな』

ルサードはのそのそと、夕闇の中に歩いて出ていく。それを送り出し、一息ついて、私は倒れているカシム様の側に座った。

雨が降り始めたのか、ルサードが出ていった扉の外からは、激しい雨音が響き始めた。しばらくすると、雷の音まで聞こえてくる。

(さて、この天気の中で、どうやって後宮《ハレム》まで連れて戻ろうかしら)

カシム様一人なら、雨の中でも肩に担いで運ぶことくらい造作もない。幸い外は薄暗いし、雨で人の行き来も減るだろうから、誰にも見られずにこっそり運べそうだ。後宮《ハレム》の側にたどり着いたらカシム様を下ろし、悲鳴の一つでも上げれば誰かが助けにきてくれるだろう。

(よし、そうしよう!)

カシム様の上衣の胸元を掴み、力を入れて体を持ち上げる。アーキルに比べれば、体も鍛えていない文官のカシム様など空気も同然の軽さだ。

「これなら、簡単に肩に担げそう……って、これは何かしら?」

私が引っ張ったからか、腰紐が緩み、カシム様の上衣の胸元が崩れた。

その隙間から、どこかで見たことのある痣《あざ》が覗いたように見えた。

ナジル・サーダの胸元にあった、獅子《ライオン》の青白い痣《あざ》。ナジルの生まれ変わりであるアーキルの胸にも同じ痣《あざ》があった。それなのに……

(カシム様にも、アーキルと同じ獅子《ライオン》の痣《あざ》が……?)

もう一度確認しようと、私はカシム様の上衣に手をかけた。

◇

「遅くなりました、アーキル！」

急いでアーキルのもとを訪れると、彼は寝台の上でつまらなそうな顔をして寝そべっていた。

宦官《かんがん》や女官たちに見つからないうちに、私は急いで白獅子《ホワイトライオン》のルサードを部屋の中に入れる。

「リズワナ、待ちくたびれたぞ。図書館で何か分かったのか？　早く聞かせてくれ」

アーキルは寝台の上から、私に向かって手を伸ばす。

私がその手を取ると、そのままぐいっと寝台の上に引き上げられた。

（どうしよう、眠る前にちゃんとカシム様のことを伝えなきゃ）

アーキルを不眠の悪夢が襲うのは、夜が更《ふ》けて日が変わる頃だ。今すぐ眠らなくても、まだ時はある。

ランプの灯りを消そうとしたアーキルの腕を掴み、私は寝台の上に体を起こして座る。

「アーキル。眠る前にお話が。実は私、一つやらかしてしまって……」

「さっき図書館で、白獅子《ホワイトライオン》の姿に変わったルサードをカシム様に見つかりそうになってしまったんです。それで私、カシム様に一撃を……」

「どうした？」

「なんだって？　一撃？」

「……はい。首の後ろから、右手でガツンと。そうしたらカシム様が気を失ってしまいました」

「何をやってるんだお前は……」

「もちろん、死なないように加減はしました！　私がそんな馬鹿力の持ち主だなんて誰も知らないから、犯人だと疑われずに済んだのですが……なんとカシム様は、まだ気絶しています」

（「明日の朝には目を覚ます程度に加減しました！」なんて言ったら、気味の悪い女だと思われるかしら）

「リズワナ。カシムは俺の大切な従者だ。手加減してやってくれ」

「……申し訳ありませんでした」

アーキルは、カシム様に信頼を置いている。だからカシム様になら、ルサードの秘密を知られても問題なかったのかもしれない。

しかし、なんだか今日のカシム様はいつもと様子が違った。

彼の目を見ていると胸がざわざわとして、理由もない不安に襲われてしまう。

しょんぼりと下を向いた私の腕を引き、アーキルはもう一度、私を寝台に横たえた。

「カシムと初めて会った頃、あいつはいつも仮面をかぶったようにニコニコしていた。笑顔の裏で、カシムも何かの闇を抱えてるんだろう。俺とは似た者同士のような気がしてならないんだ」

「……カシム様を、信頼しているのですね」

「信頼しているようで、していないようで。いつもあいつを自分の側に置くことで、緊張感を高めているというのが正しいかもしれない。何を考えているのか腹の内を見せない蛇みたいな男だから」

「でも、そんなことをしていたら、アーキルはいつまでも安らげないじゃないですか」

「元々俺は、安らいだことなど一度もなかった。よく知っているだろう？　実の母親ですら俺に近付かなかったのに、カシムは一度も俺から離れずについていてくれた。それだけで十分だ」

アーキルが、ランプの灯りを消そうと手を伸ばす。

もうそろそろ眠る時間だ。早く眠らせなければ、また悪夢が彼を襲ってしまう。

（せめて私といる時は、アーキルに安らいでほしい）

私はアーキルの目元に手のひらを当てて、ゆっくりと目を閉じさせる。

「アーキル。眠ってしまう前にもう一つ聞いていいですか？　アーキルの胸の痣《あざ》のこと……例えばアーキル以外の者にも痣《あざ》が現れることはあると思いますか？」

「これは皇家の直系の皇子である印だ。俺と同じ痣《あざ》が、ラーミウにもある」

「……え？」

(皇家直系の印？　どういうことなの？)

カシム様が倒れた時に衣の隙間から見えたのは、確かに獅子《ライオン》の形の痣《あざ》だった。

見間違いかもしれないと思い、もう一度痣《あざ》を確認しようとカシム様の腰紐に手をかけたところで、ちょうど見回りの者が図書館に入ってきてしまって、確認しそびれたのだった。

(カシム様にも獅子《ライオン》の痣《あざ》があったかもしれないなんて、今はまだ言えないわ)

目を閉じたままのアーキルにこれ以上話しかけて、眠りの邪魔をしたくない。

私は急いで部屋の隅にいたルサードを呼んだ。

「ルサード、早くこっちに来て。日が変わってしまう前に」

ルサードがのそのそと寝台に近付いてくる間に、私はルサードが寝そべるための場所を空けようと体を起こす。敷布をととのえ、アーキルの頭を少し持ち上げて移動させようと振り返った。

すると――

ルサードが寝台に登る前に、アーキルはもう静かな寝息をたてていた。

「……アーキル？」

私の声に反応はない。

耳をアーキルの口元に近付けてみるが、聞こえてくるのは明らかに寝息だ。

「寝てる……寝てるわ。ルサードが側にいなくても、眠った」

『不眠の呪いが、解けたのか？』

ルサードと私は顔を見合わせる。

仮にアーキルの呪いが解けたのだとしても、なぜ解けたのかまったく見当がつかない。

『琥珀《こはく》の魔石を操れる者を側に置くことで、俺の呪いが解けるかもしれない』

あの花火の宴の夜に聞いたアーキルの言葉が頭をよぎる。

まさか、私がずっと側にいたことで、彼の呪いが解けたというのだろうか？

「……でも、今夜アーキルが一人で眠れたのは偶然かもしれないし、今喜ぶのは早い気がするわ」

『明日も様子を見るか』

「ええ、そうね。もしも呪いが本当に解けたのだとしたら、次もまた一人で眠れるはずだし……」

もしも、呪いが解けたなら。

アーキルが魔法のランプの魔人に頼んだ、一つ目の願いは叶ったことになる。

一つ目の願いは、『俺を眠らせろ』。

二つ目は、『短剣《ダガー》を持ち歩け』。

三つ目の願いは、これからだ。

三つ目の願いを叶えてしまえば、私はアーキルにとっては用済み。そのまま後宮《ここ》を去り、バラシュに帰ることになるかもしれない。

窓の玻璃《ガラス》に打ち付ける雨音の中、扉を大きく叩く音がする。

アーキルが目を覚まさないよう、ルサードが寝台に上がって尾でアーキルの耳を塞いだ。

天蓋《てんがい》の布を下げて寝台で寝ているアーキルとルサードを隠し、私は扉の向こうの相手に声をかける。

「何ごとですか？　アーキル殿下が眠っていますので、お静かに」

「ラーミウ殿下が、ラーミウ殿下が……！　大変なんです！　すぐにお越しください！」

「え⁉　ラーミウ殿下に何が？」

嫌な予感が全身を走り、血の気が引いていく。
（まさか、アーキルの知らないところで、誰かがラーミウ殿下のお命を⁉）

第四章　前世の真実

アーキルとルサードを寝室に残し、私は真夜中の後宮《ハレム》を宦官長《かんがんちょう》に付いて走った。

（ラーミウ殿下の身に危険が及ぶなんて、もしかしてすでに皇帝陛下が御隠れに……？）

皇帝陛下は以前から病に臥《ふ》していたと、アーキルから聞いている。

もしも陛下が御隠れになった場合、次期皇帝として即位するのは第一皇子であるアーキル。そうなればアザリムの慣習により、アーキル以外の皇子は命を奪われることになる。

（早すぎるわ……！　この悪習を変えるのに、前世だけでなく今世でも間に合わないなんて）

しかし、私が宦官長《かんがんちょう》に案内された場所は、予想とは違う場所だった。

（ここは、ファイルーズ様の私室よね？）

ラーミウ殿下がファイルーズ様の私室にいらっしゃるはずがないのに、と不思議に思いながら、私は静かに扉を開けて中を覗いた。

そこには、肩を震わせて泣きじゃくるファイルーズ様が。そしてその横には、ファイルーズ様の肩を抱く女官長のダーニャが座っている。

扉の前にいた宦官《かんがん》たちは私が中に入るのを止めようとしたが、私はその手を振り払って部屋に入り、二人の前に膝をついた。

「ファイルーズ様、ダーニャ様。一体何が起こったのでしょうか！　ラーミウ殿下はご無事でしょうか」

私の声に驚いて顔を上げたファイルーズ様は、何かに怯《おび》えたような表情で眉を下げて泣いていた。

周囲を見渡しても、そこにいるのはファイルーズ様とダーニャだけで、ラーミウ殿下の姿はどこにもない。

ファイルーズ様に寄り添っていたダーニャは、騒ぐ私をさも迷惑そうにじろりと見た。

「リズワナ、あなたのことは呼んでいませんよ。アーキル殿下はどちらに？」

「もうすでにお眠りでしたので、代わりに参りました。それよりも、ラーミウ殿下は……？」

「静かに。ラーミウ殿下には今、ご自分の部屋で謹慎していただいています」

「謹慎って……ダーニャ様、殿下が何か、いたずらでもなさったと？」

ご無事でいらっしゃることに安堵したものの、謹慎とは穏やかではない。

ラーミウ殿下は、まだ五歳だ。五歳の子どもが自室で謹慎させられるような事件を起こすことなんてあるだろうか。

ダーニャによると、ことの顚末《てんまつ》はこうだった。

ご自分の部屋で眠っていたはずのラーミウ殿下が、真夜中にお一人で部屋を抜け出された。

皆の目を盗んで殿下が向かったのは、ファイルーズ様のお部屋。ちょうどその時ファイルーズ様は、部屋のバルコニーで月をご覧になりながら、ゆっくりと一人で過ごされていた。そこにラーミウ殿下がお一人で訪問されたという。

たった五歳とは言えラーミウ殿下は男児で、ファイルーズ様は兄である第一皇子アーキルの妃。夫のいる女の部屋を他の男性が訪れることは、ここ後宮《ハレム》では禁忌である。

「そんな……！　ラーミウ殿下はまだ五歳。ファイルーズ様のお部屋を訪れたのには、きっと何か理由があるはずです。まずは殿下に事情をお聞きしては？」

「……リズワナ！　ラーミウ殿下は無言で私の部屋に入り、バルコニーにいた私に抱きついてこられたのですよ！」

「五歳ならば、夜中に目を覚まして人恋しくなることもあるでしょう。きっとラーミウ殿下はお一人でいるのが怖くて、信頼できるファイルーズ様に頼ったのでは？」

「お黙りなさい！　第一妃なのにアーキル殿下から一度もお召しのない私を、あなたは馬鹿にしているのでしょう？　五歳だろうといくつだろうと関係ないわ！」

ファイルーズ様は立ち上がり、跪《ひざまず》く私の頬を平手でパンと打った。

側にいたダーニャは、それを止めるそぶりもない。

（駄目だわ、今のファイルーズ様は冷静さを欠いている。朝になるのを待って、アーキルに報告しよう）

雷が鳴るのが怖くて、夜中にアーキルの寝室を訪れたことがあると言っていたラーミウ殿下。きっと今夜の大雨と雷のせいで、目が覚めた時に一人でいるのが怖くてファイルーズ様を頼ったのだと思う。

禁忌を破ったことはもちろんよくないが、周囲ももう少しラーミウ殿下の気持ちに寄り添ってあげてもいいのではないだろうか。

ダーニャに促され、私はそのままファイルーズ様の部屋を追い出された。

扉の外には先ほどの宦官《かんがん》たちが控えており、彼らの手を払って勝手に部屋に入った私を睨《にら》みつけてくる。

（何よ、いくらアーキルの第一妃の部屋だからって、こんなに大勢の見張りを付ける必要ないじゃない）

宦官《かんがん》たちを振り切って、私は一人、部屋に向かって大股で歩き始める。その途中、何かが心に引っかかり、ふと足を止めた。

(おかしいわ。ラーミウ殿下の部屋の前には、見張りはいなかったの……?)

ラーミウ殿下が自室からファイルーズ様の部屋に来るまでの間に、見回り役の宦官《かんがん》が必ずいたはずだ。特に妃たちの寝室に繋がる回廊の入口には、宦官《かんがん》と女官以外が中に入ることのないよう、常に誰かが立って出入りを管理している。

ラーミウ殿下がファイルーズ様の部屋に行くのを、なぜ途中で誰も止めなかったのだろうか。

いずれにしても、朝になってアーキルがこの一件を知ればすぐに解決してくれるはずだ。弟思いのアーキルが、ラーミウ殿下をこのように拘束することを許すはずがない。

(ラーミウ殿下が心細い思いをしていませんように)

雷が鳴りやまない中、私は祈りながら床に着いた。

◇

しかし翌朝。

事態はさらにおかしな方向に動くことになってしまった。

夜も明けきらぬ早朝に、アザリムの都に駐在しているナセル大使が宮殿を訪ねてきたのだ。

「アーキル殿下。ファイルーズ妃殿下は、我がナセルの王女でいらっしゃいます。このような扱い、承服いたしかねる！」

ナセル大使は、唾《つば》を飛ばしながら怒り散らしている。

アーキルに飛びかかってきかねない大使の勢いに、宦官《かんがん》たちは周囲でおろおろするばかりだ。

「その件については、俺も今朝聞いたばかりだ。まずはラーミウにも話を聞かねば詳しい状況は分からない。いずれにしてもラーミウはまだ五歳。大使が懸念しているようなことはない。安心してほしい」

「ラーミウ殿下の年がいくつであろうと関係ございません！」

大使とアーキルの間に割って入ったのは、ファイルーズ様本人だった。昨夜は眠れなかったのだろう、両目を赤く腫《は》らしていて、顔色も悪い。

ファイルーズ様はアーキルの足元に膝をつき、恨めしそうにアーキルを見上げる。

「私は、アーキル殿下のお心が私に向いていないことがとても悲しいのです。ラーミウ殿下が夜中に私の部屋にいらっしゃったことを聞いても、アーキル殿下は少しも気に留めてくださらないではないですか」

「そんなことはない。禁忌は禁忌。五歳の子であっても決まりは守らせなければならない」

「こんな状況になっても、殿下が味方をするのは私ではなくラーミウ殿下。軽い罰を与えることすら拒まれるのですか？　アーキル殿下は、このリズワナが現れてから変わってしまわれました」

（……私？）

泣き顔のまま私のほうに顔を向けたファイルーズ様の後ろで、ナセル大使の顔がみるみる紅潮していくのが見える。

「……アーキル殿下！　ナセルの王女を娶《めと》っておきながら冷遇した挙句、こんな側女《そばめ》を置くなど‼　殿下はナセルを馬鹿にしておられるのですな⁉」

「大使、落ち着け」

「いや、これが黙っていられましょうか。ナセルの国王陛下にすべてご報告いたします！」

「ラーミウに事情を聞いてからでも遅くはないだろう」

「そんなことなどなさらなくても分かるではないですか。殿下はナセルを愚弄なさっているのです！　この娘がその証拠です！」

手が付けられないほど熱くなり、冷静さをなくした大使の前で、アーキルは右手をピクリと動かした。

（長剣《サーベル》を抜こうとしているわ）

ナセル大使に剣を向けたりしたら、再びアザリムとナセルの戦に発展しかねない。私は咄嗟《とっさ》にアーキルとファイルーズ様の間に滑りこみ、ファイルーズ様の両手を取った。

「ファイルーズ様！　ご夫婦の喧嘩はお止めください！」

「……何を言っているの？　リズワナ」

「遠い異国には、『夫婦喧嘩は犬も食わない』という言葉があるそうです。夫婦喧嘩の原因は、いつも些細なもの。お二人でゆっくりお話しになれば、解決します」

「リズワナ、あなた……」

「私は自室に下がりますから、ご夫婦の喧嘩はご夫婦同士で解決なさってください。それでは、失礼致します」

絶句しているファイルーズ様の前で大げさに明るく言い放ち、私はカンカンに怒っているナセル大使の腕を取って、部屋の出口へ連れていく。

このまま話を続けても、ファイルーズ様もナセル大使も騒いでことを大きくしてしまうだけだ。一度二人を落ち着かせて、ラーミウ殿下の話を聞くための時間を稼ぎたい。

寵姫と呼ばれる私がアーキルとファイルーズ様の仲を取り持ったことを不審に思ったのか、大使は訝し気に私を横目で見ている。

「お前、リズワナと言ったな」

「はい、そうです大使様。アーキル殿下とファイルーズ様の仲を邪魔するわけには参りません。私が大使様をお見送りすることを許してくださいますか？」

「あ、ああ。それはもちろん……。しかし、こんなところにいるのはもったいない美女じゃのう。リズワナ」

「あーら、オホホホホ……」

（……すみません、気味の悪い目線は遠慮したいです）

どうも最近の私は、親子以上に年の離れた男性に好かれてしまう運命のようだ。

作り笑いで会釈をしながら、私はナセル大使の腕にしなだれかかる。

「そう言えば、大使様はなぜラーミウ殿下がファイルーズ様のお部屋を訪ねたことをご存じだったのですか？　昨晩起こったばかりのお話ですのに」

「カシム殿から、早馬で連絡を受けたのだ」

「カシム様？　カシム・タッバール様のことですか？」

「ああ、そうだ。カシム殿はいつも、後宮《ハレム》で何か変わったことがあれば我々にも報告をくれるのだ。彼は後宮《ハレム》の管理を任されているからな」

「そうですか。カシム様が……」

やはり、何かがおかしい。

カシム様が大使に早馬を飛ばすなど、できるはずがない。

彼は私が昨日図書館で気絶させ、そのまま今も眠っているのだから。

◇

「皇帝陛下と会ってきた」

アーキルは部屋に戻るなり、厳しい顔でターバンを脱ぎ捨てた。

ラーミウ殿下が自室に拘束されてから、すでに丸一日が経とうとしている。大人ならまだしも、五歳の子どもがたった一人で過ごすには長すぎる時間だ。

話が思うように進まなかったのか、アーキルは寝台の端に座ってため息をつく。私もその隣に座り、項垂《うなだ》れているアーキルの肩に手を置いた。

「アーキル、皇帝陛下はなんと……？」

「もう自分の命は長くない。ラーミウを殺せ、と。ファイルーズの一件を有耶無耶《うやむや》にしては、ナセルに示しがつかないとも仰《おっしゃ》られた」

ラーミウ殿下がファイルーズ様の部屋を夜中に訪ねた日の翌朝、話を聞きつけたナセルの大使がアーキルのもとを訪ねてきた。

怒る大使になんとかお帰りいただいて一息ついたのも束の間、その後にナセルから皇帝陛下のもとに、「アーキルがファイルーズ妃を冷遇して他の娘を寵姫としている」と、正式な抗議があったらしい。

数年前、アーキルによって武力で制圧されたナセルでは、いまだにアザリムに――いや、アーキルに対する反感が根強く残っている。

ナセルにとってファイルーズ様の輿入れは、敵に対して人質を差し出すような苦肉の策だった。そして、アザリムにとってのファイルーズ様もまた、ナセルの反感を手っ取り早く抑えるための策だった。

アーキルとファイルーズ様の結婚は、両国にとって利害のある契約だ。しかしアーキルは、ファイルーズ様と親密になることはなかった。

すべては、不眠の呪いのせいで。

「アーキル。ラーミウ殿下は部屋に閉じこめられて、きっと今も泣いています。五歳の子どもが兄の妃の寝室に入ったからって、それが一体なんだと言うんでしょうか。そんなことで幼い皇子の命を奪うなんて、本当に馬鹿げています」

「分かっている。病床の陛下に助言をしているのは宰相だ。あの者をなんとかしなければ」

「宰相を抑えるには、どうすれば……」

アディラとして生きた前世でも、兄弟皇子たちの命を奪おうと動いたのは、宰相たちだった。

今、私の目の前で起こっている出来事が、ここでも前世と重なる。もしもこのままラーミウ殿下のお命を救えなかったらと考えると、胸を切り裂《さ》かれそうだ。

私は今世でもまた、主君であるイシャーク・アザルヤード皇帝陛下のご意思に背いてしまうことになる。

「アーキル、宰相とお話しすることはできませんか？　ラーミウ殿下に罪はないと、説明して分かっていただくことは……」

「宰相は、カシムの父親であるニザーム・タッバールだ。あいつは、お前を後宮《ハレム》から追放して、夜に呼ぶのはファイルーズにするように申し入れてきた」

「カシム様のお父様が宰相なのですか？　なぜ私を追放しようと？」

訳が分からずに質問を繰り返すと、アーキルが苛立った様子で立ち上がる。質問には答えず無言のまま、夕焼け空が広がる窓の外に目をやった。

アザリムにまた、夜が来る。

今から何か策を打とうとしても、夜になればアーキルは呪いのせいで動けない。

(アーキルの不眠の呪いが解けたのかどうかも、まだ確信が持てない。私がなんとかしなくちゃ)

宰相を説得し、ラーミウ殿下の命を助けていただけるように皇帝陛下に話を通してもらうことはできるだろうか。

宰相がカシム様のお父様であるなら、カシム様に頼めば宰相と話す場を作ってもらえるかもしれない。

(でも、カシム様は本当に信頼できる相手なの……?)

カシム様とファイルーズ様の口から度々耳にする、前世という言葉が引っかかる。

カシム様がやけにファイルーズ様の肩を持つのも、ナセル大使に気絶していたはずのカシム様が情報を伝えたというのも、おかしい。

何より、カシム様の胸にあった獅子《ライオン》の青痣《あおあざ》。あれは私の見間違いではないと思うが、アーキルによれば獅子《ライオン》の痣《あざ》は皇家の人間にしか現れないという。

(カシム様には、何か裏がある気がしてならないわ)

それに、もう一つ解せないことがある。

カシム様は、「アーキルは前世で呪われたのではないか」と言っていた。私が前世でアーキルに呪いをかけたのはナセルの人間だろうかと尋ねると、血相を変えて怒り出した。

ファイルーズ様は確かにナセルのご出身ではあるが、私はファイルーズ様がアーキルに呪いをかけたとは言っていない。それなのに、なぜカシム様はあんなにも怒ったのだろうか。

（……そうだ。あの時私は、考えごとの途中だったはず。なんだったかしら）

額に手を当てて悩む私を横目に、アーキルはゆっくりと寝台に戻り、私に触れることなく一人でそこに身を横たえた。

（いつものアーキルなら必ず私の手を引いて、強引にでも自分の隣に来させるのに……）

アーキルとの間に微妙な距離を感じながら、私は彼に尋ねる。

「今朝、ナセル大使に確認したのです。ラーミウ殿下の一件を、誰から聞いたのかと」

「……誰だったんだ？　わざわざナセルに知らせたのは」

「カシム様だそうです」

「なんだと？」

カシム様が昨晩から意識を失って倒れていたことは、アーキルも知っている。

ナセル大使が嘘をついていると察したアーキルは、少し考えこむと、体を起こして寝台の上にあぐらをかいた。

「きっと、カシムとファイルーズが謀《はか》ったんだろう」

「お二人が？　協力してラーミウ殿下を陥れようとしたと⁉」

「そこまでは言っていない。何があいつらの目的なのかは、俺にも分からん」

「ならば、どういう意味ですか？　あの二人がどうしてラーミウ殿下を狙う必要が……」

ファイルーズ様はナセルの王女で、アーキルの第一妃だ。第二皇子であるラーミウ殿下が、ファイルーズ様にとっての脅威になることはないだろう。

（アーキルが確実に次期皇帝の座につけるように、ラーミウ殿下を邪魔に思って陥れようとしたの？）

いや、ファイルーズ様はラーミウ殿下と親しくしていたし、食事や体の心配までしていらっしゃった。一方のラーミウ殿下のほうだって、雷に怯《おび》えた時に一番に頼ろうとした相手がファイルーズ様だったのだから、彼女に心を許していたことは明白だろう。

カシム様はどうだろう。

ラーミウ殿下がいなくなれば、自分の主人であるアーキルが皇帝として即位することが確実になる。自身の地位向上のために、ラーミウ殿下が邪魔になったのだろうか。

（いいえ、違うわ。カシム様もファイルーズ様も、わざわざそんなことをする必要がないもの）

今のアザリムでは、わざわざ自ら動かなくとも、ラーミウ殿下はいずれ殺される運命にある。

では一体、あの二人の目的はなんなのか。

答えを求めて、私はアーキルの瑠璃《るり》色の瞳に縋る。

理解が追いついていない私に気付くと、アーキルは片方の口元を上げて苦笑した。

「分からないか。実は、あの二人は通じ合っている」

「……通じ合うって、どういうことですか？」

「野暮なことを聞くな。俺がファイルーズを遠ざけたからか、それとも以前から二人が想い合っていたのかは知らないが、双方の気持ちは見ていれば分かる」

「だってファイルーズ様はアーキルの妃で……」

「俺は極力ファイルーズとは関わらないようにしていた。ファイルーズをアザリムに迎え入れる手配を調《ととの》えたのはカシムだったから、そこからもう二人の関係は始まっていたのかもしれんな」

（なぜ？　カシム様は一体どういうおつもりで……？）

「カシム様のことを弟のように大切に思っているアーキルを欺《あざむ》くなんて……」

「あいつは幼い頃からずっと側にいてくれた。別にあいつに欺《あざむ》かれたとは思っていない。だが、もしもカシムがラーミウを陥れようとしたのだとしたら、話は別だ」

私の頭の中で、なぜかカシム様の姿がナジル・サーダと一瞬重なる。

カシム様とファイルーズ様が、愛し合っている。もしも自分たちの想いを遂げるために、アーキルの存在が邪魔になったのだとしたら？

しかしそれならば、直接アーキルの命を狙えばよいだけの話だ。わざわざラーミウ殿下を狙う理由にはならない。

考えこむ私を突然激しい頭痛が襲い、思わず「あっ」と声が漏れる。

（……何かを忘れているような気がする。前世でも同じようなことがあった気がしてならないのに）

私の中に閉じこめられたアディラ・シュルバジーとしての記憶が、頭の中で暴れる。痛みに襲われた頭の中で、少しずつ記憶の破片が繋がっていく。

カシム様がラーミウ殿下を狙ったのだとしたら、もしかしてその答えは、彼の胸にあった獅子《ライオン》の痣《あざ》にあるのかもしれない。

（兄弟皇子を殺すという悪習が残るアザリムで、ラーミウ殿下、そしてアーキルの命を奪い、自らが皇帝になりたいという人がいたとしたら？）

◇

一睡もできないまま、私はアーキルの部屋の椅子の上で朝を迎えた。

今この部屋の中には、アーキルと私の二人だけ。ルサードはあえて、私の部屋に残してきた。

（やっぱり、ルサードがいなくてもアーキルは眠れたわ）

寝台の傍らに置いた椅子の上に座って、私はアーキルの寝顔を眺める。

アーキルの不眠の呪いは、確実に解け始めている。

と言っても、完全に解呪に至ったわけではなさそうだ。昨夜も真夜中が近付くにつれて、アーキルの表情は少しずつ苦しそうなものに変わっていった。

しかしルサードが側にいなくても、私が隣で物語を語って聞かせなくても、アーキルはかろうじて一人で眠ることができた。

（もう少しで、アーキルはこの苦しみから解放されるかもしれないわ）

冷徹皇子として名を馳《は》せていた、アザリム第一皇子アーキル・アル＝ラシード。

彼と出会い、この後宮《ハレム》にやってきて、彼の意外な姿——生まれながらに不眠の呪いにかかり、母親からも遠ざけられ愛情を知らずに生きていた——という事実を知った。

私やルサードと共に眠ることで、少しでもアーキルに安らぎを与えられるなら……そう思って彼の側にいた。

アーキルがナジル・サーダの生まれ変わりなのだと信じ、共に時を過ごすうちに、いつの間にかアーキルは私にとって大切な存在となっていた。

しかし昨夜、アーキルは今までよりも少し遠いところに行ってしまったように感じた。

皇帝陛下のもとを訪れたアーキルは、カシム様の父親である宰相ニザーム・タッバール様から、私と離れるように言われたらしい。それがきっかけで、アーキルも私との別れを意識し始めたのかもしれない。

皇子と皇帝では、立場が違う。

自らの行動や選択に、一国の運命が乗っかることになる。

前世でイシャーク・アザルヤード皇帝陛下と共に長い時間を過ごした私には、その重圧がよく分かる。

アーキルは私のことを寵姫としてくれた。私のことを「気に入っている」とも言ってくれた。

しかし、アーキルの第一妃がナセル王女であるファイルーズ様であることに変わりはない。私は彼の不眠の呪いが解けるまで側にいるだけの、ランプの魔人にすぎない。

不眠の呪いが解けたなら、ランプの魔人に頼むことができる願いは、残り一つだ。私がアーキルのもとを去る時が、目前まで迫っている。

（ラーミウ殿下のためにも、早くカシム様と話をしなくちゃ）

カシム様とファイルーズ様は、お互いに想い合っている。

カシム様からもファイルーズ様からも、前世という言葉が口を衝《つ》いて出ていた。

ファイルーズ様が、「前世で魔力を使い果たした」と言っていたのがいまだに心に引っかかっている。まさかファイルーズ様が、前世でアーキルに呪いをかけた張本人なんてことはあるだろうか？

（……私ったら、何を考えてるのよ。想像が先走りすぎているわ）

こんな想像をしていると知られたら、またカシム様の怒りを買いそうだ。

私が自分の頰を両手でパチンと叩くと、その音のせいでアーキルがごそごそと寝返りをうつ。

私は椅子から立ち上がり、寝台の上に膝をついてアーキルの顔を覗きこんだ。アーキルのはだけた寝衣の間から、胸にある獅子《ライオン》の痣《あざ》にそっと触れてみる。

『これは皇家の直系の皇子である印だ。俺と同じ痣《あざ》が、ラーミウにもある』

アーキルの言葉を思い出し、私の仮説は徐々に確信に変わっていく。

アーキルと同じ獅子《ライオン》の痣《あざ》を持つカシム・タッバール様は、本当はアーキルの弟なのではないだろうか。

ファイルーズ様と通じ、ナセル大使とも深い関係を築き、ラーミウ殿下を陥れる。それがカシム様の思惑なのだとしたら、それはきっと、カシム様が次期皇帝として即位するための謀略。

アーキルの弟皇子として生まれたカシム様が、なんらかの事情で出自を隠し、宰相の息子として生きている。カシム様が帝位を狙うとしたら、ラーミウ殿下の次に標的になるのはアーキルだ。

カシム様を大切に思っているアーキルに、私のこの仮説を伝えることはできない。アーキルには黙ったまま、もう少し私一人で真相を調べたい。

(……そう言えば、獅子《ライオン》の痣《あざ》が皇家直系の印なら、ナジル・サーダの胸に痣《あざ》があったのはなぜ?)

「まさかナジルも、イシャーク陛下の弟皇子だったの……?」

嫌な想像がどんどん膨らんでいく。

カシム様はアーキルの弟で、ナジルはイシャーク陛下の弟。

そう考えると、ナジル・サーダの生まれ変わりはアーキルではなく、むしろカシム様の方じゃないだろうか。

(そうだわ。図書館で見つけた皇統の系譜をもう一度確認すれば、何か分かるかもし

れない）

前回は日が落ちてしまって、ところどころしか読めなかった皇統の系譜。しかし、かすかな月明かりの下で、確かに「サーディ・ザリ＝ア」と記されていたのを見た。サーディというのが、ナジル・サーダのサーダだったとしたら。そう考えた瞬間、背中にゾワッと悪寒が走る。

ナジルは弟皇子たちの処刑を「止められなかった」のではなく、あえて「止めなかった」のだろうか？

弟皇子たち亡き後、イシャーク陛下にまで手をかけて、自分が帝位に就いたのだろうか？

（数百年前、あの日の船上の宴で何があったの？）

私はアディラ・シュルバジーとしての記憶を、もっと思い出さなければならない。ナジル・サーダが前世で何をしようとしていたのかを知りたい。それが、今世でカシム様の謀略の真相を突き止める鍵になるかもしれない。

まずは図書館に行って、皇統の系譜をもう一度確認しよう。

眠るアーキルの横で、私は琥珀《こはく》色の魔石のついた短剣《ダガー》をぎゅっと握りしめた。

◇

短剣《ダガー》を手に、私は急いで図書館へ向かう。

早朝の後宮《ハレム》の庭園には人影はほとんどなく、見回り担当の宦官《かんがん》と時折すれ違う程度だ。

まだ肌寒い空気の中、いくつもの庭園を抜けていくと、青いタイル壁の図書館が目の前に現れた。周囲を見回して誰もいないことを確認すると、私は入口に通じる階段を上る。

そして図書館の入口扉に手をかけようとしたその時。

入口横の柱の陰に人の気配を感じた私は、咄嗟《とっさ》に短剣《ダガー》を鞘《さや》から引き抜いた。

短剣《ダガー》の刃が、隠れていた男の喉元に触れるか触れないかのところで、その男と真っすぐに目が合う。男は息を飲みながら、ゆっくりと自分のターバンを掴んでするすると引いた。

ターバンの下から現れたのは、こちらから会いに行こうとしていた、あの男だった。

「カシム様……」

「おはようございます、リズワナ。ちょっと短剣《これ》は乱暴な挨拶ですね。とりあえず鞘《さや》におさめてもらえますか？」

「……はい、失礼しました」

柱の陰にいたのは、カシム・タッバール様だった。

ラーミウ殿下をお救いするために、今カシム様を怒らせるのは悪手だ。

私はゆっくりと短剣《ダガー》の刃を彼の喉元から離す。目線はカシム様としっかり合わせたまま、手元で短剣《ダガー》をカチャリと鞘《さや》におさめた。

カシム様はそれを見て、いつものようにニコニコと笑った。

「リズワナが探しているのは、多分僕だよね」

「……どういうことでしょうか。カシム様」

「リズワナには前世の記憶があるんだよね？　ああ……リズワナじゃなくて、アディ・・・ラと呼べばいいかな？」

「……」

「その身のこなし、剣を持った時の動きの癖。きっとリズワナが、アディラ・シュルバジーの生まれ変わりなんじゃないかと思ってたんだ。バラシュで刺客を放った時も、君が一人で刺客をやっつけたのを見たしね」

「バラシュでの刺客って……天幕の？　まさか、あれはあなたがアーキルを狙って⁉」

「別に、本気でアーキル様を手にかけようなんて思っていないよ！　あくまで、君がアディラなのかどうかを確認するためにやったことだ。バラシュの市場《バザール》で出会った時に、きっと君がアディラの生まれ変わりなんだと気が付いたから」

「初めから気が付いていたの？」

「もちろん！　ほら、古い神話にあるよね。人は数百年ごとに生まれ変わって再び出会うって。君が本当にアディラの生まれ変わりなら、必ずあの宴に現れると思っていた。僕は君のことを誰よりもよく知っている。だって僕は、ナジル・サーダの生まれ変わりなんだから」

「……やはりあなたがナジルだったのね」

「君は前世のことを全て覚えているわけじゃなさそうだったから、あえて黙っていた。試すようなことをして悪かったね」

ナジルの胸にあった獅子《ライオン》の痣《あざ》が、カシム様の胸にもある。

もっと早く気が付けばよかった。ナジルの生まれ変わりは、アーキルじゃなくてカシム様だ。

あれだけ会いたくて恋焦がれたナジル・サーダに再会できたというのに、私の心は今、再会の喜びよりも彼に対する疑念で満ちている。

「アディラ。君はどこまで過去を覚えてる？　僕はずっと、君と最後に会ったあの日のことを後悔していた。早く船に乗らなければと焦るばかりに、君を置いて先に行ってしまって……」

「ううん、あの日は皇子様たちの処刑の話が出て、あなたも気が動転していたんだと思うわ」

（やっぱり、あれが私とナジルが会った最後の日だったのね）

カシム様は、私の記憶がどこまで残っているのか知らないようだ。

私を試すように少しずつ情報を出して確認している。私に知られると不都合な真実があるのだ。

「アディラにそう言ってもらえて、少し気持ちが晴れたよ。君はあの時、船には乗れた？」

「ねえ、ナジル……じゃなくて、カシム様。私、今から行くところがあるの。その話はまた後でいいかしら」

カシム様と話をする前に、皇帝の系譜を確認しておきたかった。

ナジルがイシャーク陛下を手にかけて皇帝となったのかどうか。それを早く確かめたい。

「君、もう一度図書館に行くつもり？　僕たちはもう前世から解放されるべきだと思う。君はリズワナ・ハイヤートとして生きるべきだし、僕も今世を楽しみたいと思ってる」

「私も本当はそうしたい。前世の記憶に残るあなたが心配で、ずっとここまで過去を引きずってしまった気がするの。前世であなたは、最愛の方と結婚することができたのかしら？　前世のあなたは、幸せだった？」

「どうだろう、もうその女性のこともあまり記憶にないね」

微笑んだ顔、両瞳の奥に見え隠れする私への苛立ち。私は彼のこの表情を、前世でも今世でも何度も見た。

記憶が曖昧《あいまい》だと言いながらも、カシム様の表情や癖は前世でのナジルそっくりだ。カシム様に対する疑念と、前世でのナジルへの想いが交差する。カシム様は私やアーキルの敵かもしれないのに、自分で自分の感情がよく分からない。

「僕はナジル・サーダとは別の人間だよ。ナジルは他の女性を愛していたかもしれないけど、僕は違う」

「じゃあ、あなたは今世で一体何をしたいの？」

「リズワナ。あの時実は、アディラの気持ちを知っていたよ。今世こそアディラと――いや、リズワナと結ばれたいと思ってる。待たせてごめん」

カシム様は笑顔のまま私の腕を引いた。

そのまま私の体は、カシム様の腕の中にすっぽりとおさまる。

あれだけ好きだったナジル・サーダに抱き締められているというのに、私の背中には悪寒が走る。

早く図書館に行って確かめたい。イシャーク陛下の次の皇帝が、ナジル・サーダではありませんように。

そしてラーミウ殿下を陥れようとファイルーズ様と共に謀《はか》ったのが、アーキルが弟のように近しく思うカシム様ではありませんように。

（獅子《ライオン》の痣《あざ》を見たい）

私はカシム様の衣の隙間にそっと手を入れる。上衣を少し引っ張ると、彼の右胸にはやはり青白い獅子《ライオン》の形の痣《あざ》があった。

「カシム様……」

「リズワナ。積極的なのは嬉しいけど、ちょっとそれは早いんじゃないかな」

「え？」

密着する私たちの背後で、庭園の掃除に来た女官たちがつんざくような悲鳴を上げた。カシム様から離れて振り向くと、女官たちは青ざめた顔をして散り散りに逃げていく。

（……まさか、私とカシム様の仲を誤解されてしまった？）

女官たちの背中を眺めながら呆然と立つ私の横で、カシム様はクスクスと笑った。

「リズワナ。きっと君のことだから、ラーミウ殿下をお助けしようと考えているんだろう？　人がいないところで話をしたい。また今夜、この場所で落ち合おう。誰にも見られないように、一人で来てくれる？」

「……分かったわ。今夜、必ずここに来ます」

カシム様に見えないように、私は短剣《ダガー》に施された琥珀《こはく》色の魔石を撫でた。

◇

カシム様と別れ、図書館で一日を過ごした私は、夜になってアーキルの部屋に戻った。

「どこに行っていた、リズワナ」

振り返ったアーキルの額には、汗が滲《にじ》んでいる。

「……」

「リズワナ？」

「遅くなって申し訳ありません、アーキル。早く眠りましょう。今夜はどんな物語にしましょうか？」

アーキルの目を真っすぐ見ることができず、私は作り笑いをしながら顔を背ける。

いつの間にかアーキルの部屋には、ルサードが連れてこられていた。机の下で体を丸めているルサードに手を伸ばすと、機嫌が悪かったのか、そっぽを向かれてしまう。

「どうした、リズワナ。何かあったのか？」

「いいえ、どうもしませんよ？　さあ、アーキル！　早く横になってください。新しい物語をいくつか覚えてきたので、今日はそれをお話ししましょう」

「新しい物語？　図書館で昔の神話でも見つけたか？」

「はい、そうです。図書館で……」
・・・図書館という言葉でカシム様のことを思い出してしまった私は、その場にへなへなと座りこんだ。
そっぽを向いていたルサードが、私の様子がおかしいと思ったのか、のっそりと立ち上がって私の膝に足を乗せる。

今朝のこと。図書館の前で会ったカシム様と別れ、私は魔石を使って再び図書館の石扉の中に入った。皇統の系譜の入った木箱を置いた棚に向かい、鍵を開ける。

天窓の真下の明るい場所で、改めて「イシャーク・アザルヤード」の名前を探した。

イシャーク陛下の次に書かれていた次代皇帝の名前は、「サードゥ・ナザリム＝アザルヤード」。

ところどころ紙が劣化して読みづらい部分はあったが、サードゥはサーダ、ナザリムはナジルと音が似通っている。この名前を見るに、イシャーク陛下の次代皇帝はナジル・サーダだったことは間違いないだろう。

（ナジルは前世で弟皇子たちを死に追いやり、イシャーク陛下を手にかけた。そして自分が皇帝の血を引く皇子であることを証明し、次期皇帝として即位した……)

私と共にイシャーク陛下に忠誠を誓ったはずなのに、ナジル・サーダの忠誠はどこに消えたのだろう。いつから自分が弟皇子であることを知っていて、どこからどこまでが彼の嘘だったんだろう。

(きっと私を船から遠ざけるために、わざわざ離れた場所まで連れていってお酒を飲ませたんだわ)

そう考えると悔しさと悲しさでいっぱいになって、私は図書館から一歩も動けなくなってしまったのだ。

しかし、私の心をかき乱すものはそれだけではない。

今この後宮《ハレム》では、数百年前と同じことが起ころうとしている。

ラーミウ殿下は自室に拘束され、皇帝陛下から処刑を命じられている。ナジルが、いや、カシム様が次に狙うのは、きっとアーキルだ。

(アーキルもラーミウ殿下も守るには、どうしたらいいの?)

座りこんだ私の肩に手を置いたアーキルの顔を見上げると、私の好きな瑠璃《るり》色の両瞳がこちらをじっと見つめていた。

冷徹皇子だと言われていながら、こうしてアーキルはいつも私やラーミウ殿下、そしてカシム様のことまで思いやってくれる。

こんな優しい人に、「カシム様があなたの命を狙っているかもしれない」なんて、絶対に告げられない。

「体の調子が悪いのなら、早く横になれ。リズワナ」

「違うのです、アーキル。実は……ナジル・サーダが見つかりました」

「なんだと？」

「私が前世で愛したナジル・サーダは、別にいました。ナジルの生まれ変わりはアーキルではありませんでした」

「…………そうか。見つかってよかったな」

「よかった、ですか？」

私たちの間に、沈黙が流れる。

それから私たちは、どちらからともなく寝台に横になった。

そして現実から逃げるように、私は図書館で読んだ神話の語り聞かせを始める。

「――こうして、羊に姿を変えられてしまった男は、愛する妻の暮らす家に戻り、元の姿に戻ることができたのでした」

「……終わりか？」

「はい、終わりです。まだ眠れませんか？」

「もう日が変わった頃なのに、なぜか今夜は寝付けないな」

「これまでのアーキルなら、今頃悪夢に苦しんでいたはずです。不眠の呪いは……？」

「ああ、どうやら不眠の呪いは解けたようだ」

厚い雲に覆《おお》われて、今夜は月も出ていない。

白猫姿のままのルサードは、書棚の下に潜りこんですでに夢の世界の住人だ。

私とアーキルは寝台に横になったまま、お互いに見つめ合った。

瑠璃《るり》色の瞳は、出会ったばかりの頃とは違い、一点の曇《くも》りもなく美しく輝いている。

「前世で愛した人を側に置けば、アーキルの呪いは解けるのでしたね」

「ああ、お前のおかげだ」

「アーキルの前世は誰だったのですか？　私のことを愛してくれるような人、他に一人も思い付きません」

「そんなことは、今となってはもう関係ないだろう。俺の呪いは解けた。お前もナジル・サーダを見つけた。だから……」

その後に続く言葉を聞きたくなくて、私はアーキルの唇に人差し指を置いた。

私はアーキルのことが好きだ。

誰からも愛されず遠ざけられても、周囲に惜しみなく愛情を注いでしまう優しい彼が。

しかしアーキルは私の人差し指をそっと口元から離すと、言葉を続ける。

「リズワナ。三つ目の願いがまだ残っていたな」

「はい」

「明日後宮《ハレム》を出ていけ」

「どういうことですか……？」

私の両目の奥が、熱くなる。

「三つ目の願いだ。後宮《ハレム》を出たければ出てもいい。『お前はお前の愛する者のところに行け』。いいな？」

「どうしてそんなことを言うんですか？」

アーキルは、本当にただ眠りたいためだけに私を呼んでいたのだ。分かっていたことなのに、こうして突き放されて初めて、自分がアーキルに愛されているのではないかと心のどこかで期待していたことに気付く。

「お前には世話になった。最後くらい、お前の希望を叶えてやる」

アーキルの背中の向こう側にある窓から、月が覗く。

月明かりで泣き顔を見られないように、私は寝台から降りてルサードを抱き上げた。

「……にゃあぁ」

「ごめんなさい、ルサード。アーキルが眠れないと言うから」

ルサードを窓際に連れていくと、雲の隙間から満月が顔を現わしている。

寝ぼけながら白獅子《ホワイトライオン》の姿に変わったルサードは、そのままのそのそとアーキルのいる寝台に登った。

私は台の上にあったサンダルウッドのお香に火を点け、そのまま部屋の扉のほうに向かう。

「お休みなさい、アーキル。私は外で少し、月を見てきます」

「ああ、お休み。リズワナ」

部屋を出て、私は回廊を走った。庭園に出る途中で見回りの者と体がぶつかったが、それに構わず裸足のまま夢中で駆け抜ける。

ナジル・サーダが、私を待っている。

琥珀《こはく》の短剣《ダガー》を握りしめ、私は月明かりの下を図書館に向かって進んだ。

満月は再び厚い雲に隠れ、後宮《ハレム》には季節外れの雪が散らつき始めていた。

◇

小雪が散らつく夜空の下で、私を待つカシム・タッバール様はなぜか薄着だった。

雪に濡れてかじかんだ足で、私は一歩一歩カシム様のもとに近付いていく。

私に気が付いて満面の笑みを見せたカシム様を見ていると、前世の記憶が溢れ出てくるように感じて、妙に頭の奥が痛み始める。

「リズワナ！　来てくれたんだね」

「……カシム様。遅くなりました」

「ここに来てくれたということは、僕の気持ちを受け入れてくれたということでいいのかな？　君はもうランプの魔人のフリをする必要はないし、バラシュの意地悪な家族のもとに戻る必要もない。僕のところにおいで」

「でも……」

「今世こそ、君と一緒になりたい」

ずっと求めていた言葉をもらえたのに、私の心はこの雪と同じように冷えている。

カシム様がナジルの生まれ変わりだからと言って、今世でもナジルと同じようにアーキルの命を狙うとは限らない。

ラーミウ殿下のことは、もしかしたらファイルーズ様が一人で仕組んだことかもしれない。カシム様の父親である宰相だってなんの意図もなく、ただアザリムの慣習に従って皇帝陛下にラーミウ殿下の処刑を助言しただけかもしれない。

それでもやはり、私の体に眠るアディラ・シュルバジーの記憶が、カシム様のことを疑って拒否している。

促されるまま、私たちは図書館の扉の前の階段に並んで座った。

そこでカシム様は何やらごそごそと手元で準備を始める。

「覚えている？　君の二十歳を祝う時に持ってきたお酒と同じものを持ってきたんだ。あの時からもう一度やり直そう」

カシム様は前世のあの時と同じように、私に酒を手渡した。

「カシム様は、私のことがお好きだと？　なぜそんな嘘をつくのですか？」

「アディラ。君は何百年も前からずっと、僕のことを想っていてくれたんだろう？　僕はその気持ちに応えたいんだ」

「なぜです？　カシム様は私と結ばれたら何がどう幸せなんですか？」

「そんなに苛立って、一体どうしたんだ？　アディラ」

「私はもうアディラではありません。リズワナ・ハイヤートです。あなただって、もうナジル・サーダではない。でも今のあなたは、あの日のナジルと同じ顔をしています」

何かに追い詰められたような、誰かへの憎しみに燃えているような、作り物の笑顔。

前世に囚われてがんじがらめになって抜け出せないのは、私ではなくカシム様の方じゃないだろうか。

カシム様はいつものように目を糸のように細めて、静かに笑う。

「君も言っていたじゃないか。皇帝の代替わりの時に、兄弟皇子が殺されなければいけないなんて許せないと」

「それはそうです。前世でも今世でも、私のその気持ちは変わりません」

「僕も君と同じ気持ちだよ。物心ついた時から、いつか殺される運命なんだと知りながら生きるなんて、普通の人間に耐えられるものじゃない」

「……それで、自分が生き残るために他の皇子のお命を奪おうとなさったんですか？」

　カシム様の顔から、笑顔が消える。

　私はカシム様から酒の入った瓶を奪って、その場に立ち上がる。

「前世ではイシャーク殿下の兄弟皇子たちを見殺しにして、今世ではラーミウ殿下を陥れる。そうやって、自分の敵となる皇子たちを死に追いやってきたのですか？」

「アディラ！　違うよ。何を言っているんだ？　僕たちは共に陛下に忠誠を誓った仲間じゃないか」

「私たちは前世で、兄弟皇子たちをお救いすることができたはずです。自分の益だけを考えて、それを潰したのはあなたでしょう？」

「ちょっと待ってよ、なんのことを言ってるんだ？」

（ここまできて、まだ白を切るつもりね）

　座っていた階段をひたひたと裸足で降り、私は側にあった池の横に立ってカシム様を見た。

持っていた酒瓶を逆さにして、中身を池にまく。

しばらくすると、泳いでいた魚が何匹も水面に浮き上がった。

「あの日も、今夜も。あなたは私のことを殺そうとして、酒に毒を盛ったんだわ」

「アディラ……」

「私がいると、皇子たちのお命を狙うあなたの邪魔になる。だから私を葬《ほうむ》ろうとしたのね」

私の言葉に、カシム様はしばらく絶句した。

酒に毒が入っていたことを証明されたのだ、カシム様は言い逃れできない。ここで真実を突き止めて、私はアーキルを守りたい。

アディラ・シュルバジーの恋心を利用して、今世でも私を操れると思っているとしたら、それは大間違いだ。

アーキルはカシム様のことを大切に思っている。

自分の妃に手を出すような男を、自分の弟のようだと言って側に置いている。

カシム様のやっていることは、アーキルの優しさを踏みつけにする裏切り行為だ。

「君は、前世をすべて思い出したの？」

「ナジルがイシャーク陛下の弟だったことは知っているわ」

あの獅子《ライオン》の形の痣《あざ》は、皇帝の血を引く者にしか現れない。
ナジルにもカシム様にも同じ獅子《ライオン》の痣《あざ》があったのを、私は見た。
「そうか。そこまで記憶があるのなら、初めから教えてほしかったよ」
「ナジルもあなたも、皇帝陛下の血を引く皇子だったのね？」
「……僕の前世であるナジル・サーダは、君の言う通り皇帝の血を引く皇子だった。
でも、僕が皇子として生きたところで、イシャーク陛下が即位すれば殺されてしまう。
そうならないように、母親は僕を密かに養子に出したんだ」
過去を語り始めたカシム様は階段の上でおもむろに立ち上がると、最上段から私を
冷たい視線で見下ろす。
散らついていた雪はいつの間にか大粒となり、冷たい風に吹かれて吹雪のように
舞った。
「せっかく僕が身を隠したというのに、イシャーク陛下は手のひらを返したように
『兄弟皇子たちは殺さない』と言い始めた。とても困ったんだよ。兄弟皇子はアザリ
ムの慣習にのっとって、全員始末してもらわないとね。そうすれば、倒すべきはイ
シャーク陛下だけになるんだから」
「カシム様……あなた、なんて無謀なことを……」
「ファティマが協力してくれたからだよ」

（……え？）

カシム様が口にした、懐かしい名前。

ファティマ皇妃は、イシャーク・アザルヤード皇帝陛下の妃だった。

「ファティマ様が、どうしたの？」

「アディラ。やっぱりすべて思い出したわけではないみたいだね。君は僕のことを無謀だと言ったけど、味方がいればそう難しいことじゃない」

「味方？　ファティマ様が？」

（前世で、ナジル・サーダはファティマ様を味方につけていたというの？）

ナセルから嫁いできたファティマ様が、なぜナジルと手を組む必要があったのか。

それに、もしもカシム様が今世でも同じことを企んでいるのだとしたら、ファティマ様とはつまり……

（ファイルーズ様だわ）

そう言えば、ここに走ってくる時にアーキルの寝室の近くで誰かとぶつかった。

（まさか、あれは……）

「私がいなくなった隙に、ファイルーズ様がアーキルのもとへ行ったの？」

私がファイルーズ様の名前を呟いた時には、すでに遅かった。私の周囲をカシム様の手先だと思われる大人数の騎士たちが取り囲んでいる。

「カシム・タッバール!!　騙したのね！」

最恐の女戦士と言われたアディラ・シュルバジーのごとく、私の叫び声は地を這《は》った。

カシム様が突然私のことを「好きだ」なんて見え透いた嘘をついたことを、もう少し重く考えるべきだった。カシム様とファイルーズ様は、今夜私をアーキルから引き離すことさえできれば、口実なんてなんでもよかったのだ。

アーキルから譲り受けた琥珀《こはく》の短剣《ダガー》を鞘《さや》から抜くと、私は周囲を取り囲む騎士たちの立ち位置を瞬時に確かめる。

（ナセルの騎士たちだわ。カシム様はナセル大使と通じて、こうして味方を集めたのね）

すべてはアーキルの言う通りだった。

きっとカシム様は、ファイルーズ様を通じてナセルと繋がっていたのだ。ラーミウ殿下がファイルーズ様の部屋を訪れたのも、初めから彼らの間で示し合わせて進めたことに違いない。

だからカシム様が気絶している間に、予《あらかじ》め手配してあった早馬がナセル大使にラーミウ殿下が禁忌を破ったことを知らせたのだ。

低い姿勢で全方位からの攻撃に備え、私は雪に濡れた地面の上で身構える。踏みこんだ両足が、泥の中にぐちゃりとめりこんだ。

「さすがの君も短剣《ダガー》ではこれだけの相手に歯が立たないよね、アディラ」

「馬鹿にしないで」

前世と違って、細身で小柄に生まれたリズワナの体躯を生かさでおくべきか。むしろ今の私には、長剣《サーベル》よりも短剣《ダガー》の方が小回りがきく。

(アーキルのもとに急がなきゃ。ファイルーズ様が彼の命を狙う前に!)

騎士たちに身構える隙を与えず、私は低い姿勢のまま背後にいた騎士の足元に飛んだ。腹に頭突きをしながら突き飛ばし、その勢いで隣にいた騎士に回し蹴《げ》りを食らわせる。

私の攻撃をきっかけに、騎士たちは一斉に長剣《サーベル》で襲いかかってきた。私は次々に彼らの懐に入ると、短剣《ダガー》を振って騎士たちの利き腕の自由を奪っていく。

私の周囲は、あっという間に傷を負って倒れた騎士たちで埋め尽くされた。

雪がどんどん強さを増す中で、私はかじかんだ裸足のままカシム様に振り返る。

「カシム・タッバール! 後であなたも同じ目に遭うわ!」

残った騎士たちに守られているカシム様に構っている時間はない。

(早くアーキルのもとに駆けつけなければ)

私は倒れた騎士たちの間を、全力で後宮《ハレム》に走った。

さすがカシム様とファイルーズ様、後宮《ハレム》の管理を任されている二人だけのことはある。

アーキルの寝室に戻る途中も、ほとんど誰にも会うことがない。ファイルーズ様とカシム様が手を回し、カシム様が私を襲撃するのを目撃する者が出ないように調整したのだろう。

地面から跳ね返る泥で、ドレスの裾が邪魔だ。

誰も見ていないのをいいことに、私は短剣《ダガー》を口にくわえ、空いた手でドレスの裾をたくし上げて結んだ。

そのままアーキルの寝室へ通じる無人の階段を上っていくと、寝室の側でようやく女官とすれ違う。

「リズワナ様！　どうなさったのですか？　お着替えを……！」

「いいえ、今は大丈夫。急いでいるから」

「……あ、アーキル殿下はお部屋にはおられませんが」

（え？）

女官の言葉に足を止め、私は慌てて彼女の側に戻る。

「アーキルはどこに行ったの？」

「湖に行かれました」

「湖って、なぜ？　誰と？」

「先ほどファイルーズ様がいらして……夜の湖で舟遊びを楽しみたいと仰《おつしや》っていました」

「……舟遊びって、外は雪よ⁉」

こんな時間に訪ねてきて、雪の中で舟遊びをしようなんて……なぜアーキルもこんな不自然な誘いに応じたんだろうか。

(ラーミウ殿下のことでファイルーズ様を問い詰めようとしたの？)

湖は確か、アーキルの寝室のバルコニーの東側の方向にあったはずだ。

上ってきた階段を戻るよりも、いっそのことバルコニーを伝って下りたほうが早い。

私は急いでアーキルの寝室に入ると、部屋を突っ切ってバルコニーに通じる窓を開けた。

窓から吹きこむ冷たい風と雪のせいで、寝台の上にいたルサードが眠ったままくしゃみをした。ルサードは、先ほど私が焚《た》いたサンダルウッドのお香のせいで、すっかり眠りこんでいるようだ。

「ルサード……仕方ないわね。私一人でいくわ」

バルコニーの手すりに足をかけて乗り越えると、私は思い切って地面に飛び降りた。

◇

「リズワナ様⁉　申し訳ございません、お引き取りくださいませ」

「アーキルはどこ？　もう船に乗ったの？」

湖のほとりには、女官が数名控えていた。

船着き場に泊めてあるはずの船は、もうそこにはない。雪の合間を目を細めて見てみると、少し離れた場所に船の影が見えた。

たった今、出航したばかりのようだ。

女官たちは狼狽《うろた》えて、私を制止しようと目の前に並んで立つ。

「アーキル殿下は、今宵はファイルーズ様とお過ごしです。ファイルーズ様は殿下の第一妃ですので、どうかリズワナ様はご遠慮を……」

「お二人はどこに向かったの？」

「アザルヤードの山々を見に行かれるそうです。しばらく戻られません」

「二人だけなの？　誰か他に同乗している人は？」

「何人か連れておりますのでご心配なく」

「連れているって、誰を？」

「……」

「答えられないの？」

ファイルーズ様に口止めされているのか、女官たちは顔を見合わせたあと下を向いた。

（話にならないわ。今追えばまだ間に合う。あの船まで泳げるかしら）

女官たちを押しのけて湖に近付こうとすると、彼女たちは私の周りに集まって腕を引っ張って止める。

そんなことをしている間に、丘の上からバタバタと人の足音が響いてきた。きっとカシム様たちが私を追ってきたんだろう。

時間がない。

私は女官たちの手を振り払い、短剣《ダガー》を鞘《さや》から抜いた。

「ぎゃあっ！」

短剣《ダガー》を見て、女官たちは叫び声を上げながら散り散りに逃げていく。その向こう、後宮《ハレム》の方角にある丘の上には、もうナセルの騎士たちが迫っていた。

（カシム様も追ってきたのね……）

騎士たちの中心には、カシム・タッバール様が立っている。

私が船に向かえば、カシム様たちも付いてくるだろう。ここに新しい船はないから、どこかから小舟《ゴンドラ》を運んでくるはず。

彼らがここに降りてくる前に、早くアーキルのいる船へ行かねばならない。

船着き場の端に立つと、私は遠くにいるアーキルの船の位置を確認した。短剣《ダガー》を鞘《さや》にしまって懐に突っこみ、冷たい湖の中に頭から思い切り飛びこむ。水を吸ったドレスの裾が邪魔をして、上手く前に進めない。

前世の私だったら、こんな時も上手く泳げたのだろうか。

必死で手足を動かしながら前世を思い出そうとしていると、あまりの水の冷たさに、右足が軽く攣《つ》った。

（まずいわ、溺れる……！）

水中に体が沈んでいく。

痛みと息苦しさの中で必死に水面に手を伸ばすと、胸元にしまっておいた短剣《ダガー》が、ゆらゆらと水面に向かって上がっていくのが見えた。

短剣《ダガー》に付けられた琥珀《こはく》の魔石は、暗い水の中でぼんやりと光っている。その光を見ているうちに、私の頭の中に突然のように、アディラ・シュルバジーだった頃の記憶が大量になだれこんできた。

（――ああ、思い出した。私は前世でもこうして水の中で死んだんだ）

◇

ナジルがくれた祝い酒が、体中の力を徐々に奪っていく。

（私ったら、こんなに酒に弱い体質だったのね。知らなかった）

最恐女戦士と呼ばれ、戦地であれだけ恐れられていた私が、たった一杯の酒で体の自由を奪われるとは。情けなくて笑えてくる。

船の出発まで、あとわずか。

道の傍らに落ちていた木の枝を拾って杖代わりにし、私は這《は》うようにして船に向かう。

船に到着する前に、弟皇子たちの処刑が決まったらどうしよう。アザルヤードの神々の前で、神官によって皇子の処刑が宣言されてからではもう遅い。

そうなる前に、必ず阻止しなければならない。

イシャーク・アザルヤード皇帝陛下のご意思を尊重し、私とナジル・サーダが陛下のお考えを神官たちに伝えなければ――

（でも……）

「今日のナジルは様子がおかしかったわ。今は下手に動けないなんて言っていたけど、きっと彼なら皇子たちの処刑をやめるように、皆に進言してくれるはずよね……?」

ナジルの名前を口に出した途端、それまで堪えていた涙が溢れて頬を伝う。

『僕は愛する人を妻に迎える。今はとても大事な時なんだ、下手には動けない』

先ほど聞いたばかりの、ナジルの残酷な台詞《せりふ》が頭をよぎる。

胸を引き裂《さ》かれるような感情に囚われて、流れ出した涙が止まらない。

(……馬鹿ね、アディラ。今は私情なんてどうでもいい。早くあの船に乗らなきゃ)

ふらつく体でようやく船着き場に到着したのは、船が出発した直後だった。無理を言って側にいた騎士に小舟《ゴンドラ》を出してもらった私は、なんとか船に追いつくことができた。

しかし縄ばしごを使って甲板に登ると、そこには船員の他に誰もいない。

神官も多く同行するはずだったのに、甲板の上は儀式の準備もなされておらず閑散としていた。

不自然な光景に違和感を覚え、私は側にいた船員の胸ぐらを掴む。

問いただすと、やはりこの船にはイシャーク陛下とファティマ皇妃様、ナジルを含む宰相たち、そして数名の神官しか乗っていないという。

しかも、船員たちは全員が新しく雇われた者ばかりだった。「知らない相手と仕事をするのは大変ですよ」と、その船員は怯《おび》えたように笑った。

（とりあえず、ナジルを探さなくちゃ）

先ほどまでちらついていた小雪はいつの間にか強くなり、雪混じりの冷たい風が船上の私に吹き付ける。寒さと船の揺れのせいで、私の体力はみるみるうちに尽きていく。

「おかしいわ……お酒と船酔いくらいで、こんなにひどい状態になるかしら」

最後まで目を背けていたかったが、私の心にはある疑念が浮かんでいた。

ナジルから振舞われた酒の中に、何かよからぬものが入っていたのではないだろうか。

手は震え、視界は霞み、足には力が入らない。

疑うことなく口にしてしまったが、恐らくあの酒の中には毒が仕込まれていたのだ。

「ナジル、まさかあなた本当に皇子たちのお命を奪おうと……？　そのために私が邪魔になったの？」

意識を保つために、私は自分の頬を平手打ちし、船の裏側に回る。

ナジルを探して毒のことを問いただす時間は、私にはもう残っていないように思えた。

（儀式を止める。そのためには、ナジルよりもイシャーク陛下を探すのが先よ）

甲板の反対側に回ると、降り続ける雪の向こうに人影が見えた。

「誰……？」

霞んだ目をこすってよく見ると、人影は二つ。

我らが皇帝陛下、イシャーク・アザルヤード様。そしてその妃である、ファティマ様だった。

「……陛下ッ！　皇帝へい……か……！」

私の声は、風の音にかき消される。

しかしイシャーク陛下は、私のかすかな声を聞き取ってくれたのだろう。人影のうちの一人が、私のいるほうを振り向いた。

「……アディラ！　何かあったのか……？」

「陛下……」

毒を盛られて息も絶え絶えの私の様子を見て、陛下が一歩こちらに動く。

その時、船首にいた二人の影が突然一つに重なった。そしてすぐに離れたかと思うと、皇帝陛下の影が視界から消えた。

目をこすってよく見ると、イシャーク陛下は甲板の上に倒れてうずくまっていた。

最期の力を振り絞り、私は腰に差していた長剣《サーベル》を抜いてイシャーク陛下のもとに駆け寄る。

急いで膝に抱きかかえたが、腹に深い傷を負っており、すでに陛下は虫の息だった。

「陛下、どうなさいましたか！　ファティマ様、これは一体……！」

「アディラ・シュルバジー、なぜここに？」

ファティマ様の震える手には、べっとりと血の付いた短剣《ダガー》が握りしめられている。

刀の表面は変色していて、毒が塗られていたことが読み取れた。

「ファティマ様、まさか陛下を……イシャーク陛下を弑《しい》そうとなさったのですか⁉」

「なぜ……なぜあなたがここにいるのよ！　もうとっくに死んだと思ってたのに！」

「もう死んだですって？　まさか、ファティマ様……」

頭の中で、点と点が線で繋がっていく。

私のことを「死んだ」と勘違いしたということは、ファティマ様は裏でナジルと繋がっていたのだろう。ナジルが私に毒を盛って殺そうとしたことを知っていて、だからこの場に私がいることに動揺しているのだ。

（ナジルがずっと愛していた方って、もしかしてファティマ様のことなの？）

ファティマ様は、イシャーク陛下の妃。

皇帝陛下の妃に思いを寄せるなど、臣下としてあってはならないことだ。

ナジルはファティマ様を手に入れるために、イシャーク陛下を殺そうと考えたのだろうか。ナジルが私を始末している間に、ファティマ様はイシャーク陛下を刺す。そう二人で申し合わせていたのだろうか。

しかしイシャーク陛下を弑《しい》したところで、妃であるファティマ様はその後も弟皇子の後宮《ハレム》に入れられるだろう。

ナジルにとって、ファティマ様はいつまで経っても手の届かない存在であるはずだ。

（まさか、そのために弟皇子たちまで処刑しようとしたの……？）

「ファティマ様、あなたはナジル・サーダと通じているのですか⁉」

「アディラ、許して……私はナセルから捨てられ、陛下からも冷遇されて、行き場がなかっただけなの。やっと私を愛してくれる人が現れたのよ」

「ご自分のことしか考えてないのですね。どんな理由があろうと、イシャーク陛下を裏切ったことは絶対に許さないわ！」

胸ぐらを掴んで殴り飛ばしてやりたい気持ちでいっぱいだが、膝に抱えたイシャーク陛下から手を放すわけにはいかない。

息も絶え絶えに肩を揺らすイシャーク陛下を膝に抱えたまま、私は長剣《サーベル》の先をファティマ様に向けて睨《にら》みつけた。

「――ファティマ様！」

ファティマ様と睨《にら》み合う私の耳に、風の向こう側から男の声が聞こえる。

現れたのは、つい先ほど私に毒を盛った張本人、ナジル・サーダだった。

ずっとナジルに抱いていた恋心の行き先がなくなって、自分の感情を上手く支配できない。振り絞っていた力が抜けて、私はファティマ様に向けていた長剣《サーベル》をゆっくりと下ろした。

ナジルには、私の姿などどうでもいいようだった。

真っすぐにファティマ様だけを見つめ、甲板の上をカツカツとこちらに向かって歩いてくる。

「ファティマ様、なぜ先に陛下を！　弟皇子の処刑をアザルヤードの神前に誓うのが先だと言ったでしょう⁉」

慌てた様子でファティマ様に駆け寄ったナジルは、目の前に来てやっと私の存在に気付いたようだ。

彼は私を見てゴクリと唾《つば》を飲み、まるで悪魔《ジン》でも見つけたような怯《おび》えた目をした。

「……アディラ？」

「ナジル・サーダ。あなたはファティマ様と共に謀《はか》ったのね」

イシャーク陛下に隠れて愛し合っていたらしいナジルとファティマ様の再会を見てしまい、私の手の震えは止まらない。

かろうじて意識のあるイシャーク陛下の視界に裏切った二人が入らないよう、イシャーク陛下を支える腕に力を入れて胸に抱き寄せた。

ナジルの顔は、これまでにないほど青ざめている。

つい先ほど毒を盛った相手がこうして生きて目の前に現れたのだから、当然だ。

イシャーク陛下の腹の傷からの血が、船の揺れに合わせてナジルの足元に吸いこまれるように流れていく。

「ひいっ！　足に血がっ……！」

「ナジル、私たちどうしたらいいの？　死んだはずのアディラが来たから焦ってしまったの。陛下はもう……」

「ファティマ様。あなっ、あなた様が皇帝陛下を刺したのですよね⁉」

「私はナジルのために……だって、あなたがそうしろと言ったじゃない」

「うるさいっ！　黙ってください！」

腕に縋りつこうとしたファティマ様に、ナジルは大声で叫んだ。ファティマ様はその声に驚いて、よろよろと私のすぐ側に座りこむ。

「ナジル。まさかあなた、私にすべての罪をなすりつけようとしているの？」

「なすりつけるだって？　初めからすべてファティマ様が計画なさったことですよね。僕は関係ない！」

「何を言うの？　あなたが私を妻に迎えてくれると仰《おつしや》ったから……」

「違う！　ファティマ様はイシャーク陛下からこれっぽっちも愛されていなかった。その恨みから陛下を刺したんですね？　我々の大切な君主を！」

「ひどい……！　あなたがアディラに毒を盛ったことも、もう分かっているのよ？　アディラが証言すればあなただって無実では済まないわ。だってあなたのその獅子《ライオン》の痣《あざ》は……」

ファティマ様が獅子《ライオン》の痣《あざ》について口にしたその時、私の腹に突然鈍い衝撃が走った。そのまま私の体は宙に飛んで転がる。

一度倒れた私の体はもう言うことを聞かず、なされるがまま何度もナジルに蹴《け》られ、揺れる船の甲板から滑り落ちた。

ナジルはすぐに踵《きびす》を返してファティマ様のいるほうに戻っていくが、私はすんでのところで甲板の手すりに片手で掴まり、なんとか船にしがみつく。

（今、ナジルに蹴《け》り飛ばされたのよね……⁉　私を海に落として殺す気だわ）

私が膝に抱いていたイシャーク陛下も勢いで甲板に投げ出され、その側でファティマ様が短剣《ダガー》を握りしめたまま腰を抜かしている。

騒ぎを聞きつけたのか、数名の船員たちが神官と共に駆け付けてくるのが見えた。

（ファティマ様にすべての罪をなすりつけようとしている今、毒を盛った私が生きていては不都合だものね）

内海の上を進む船の揺れに合わせて、私の体も大きく揺れる。

絶対に水の中に落ちてやるものかと、私は最後の力を振り絞って船の手すりにしがみついた。

しかし、毒にやられ、寒さでかじかんだ手には力がなかなか入らない。

「神官殿！　ファティマ皇妃が皇帝陛下を弑《しい》そうとなさったのです！」

嘘にまみれたナジルの言葉を聞き、神官たちは慌ててファティマ様を取り押さえようと身構える。しかしファティマ様の両手にはしっかりと短剣《ダガー》が握りしめられていて、迂闊《うかつ》に手を伸ばすことはできない。

誰もその場を動けないまま、雪だけが私たちの上に降り続ける。

（くっ、なんとか甲板に戻らなきゃ）

半身を甲板の上に戻した私の目の前で、ファティマ様の手から短剣《ダガー》がこぼれ落ちた。

カランカランという音を立て、短剣《ダガー》はイシャーク陛下の体にぶつかって止まった。

「……ねえ、ナジル。私のことを愛していたんじゃなかったのね？」

「何を仰《おっしゃ》る！　ファティマ様は皇妃というお立場ではないですか。私があなたを愛することなどあり得ません。私は決してあなたの味方ではない……！」

「ナジル・サーダ。私はこの恨みを絶対に忘れないわ。何度生まれ変わったとしても、朝も昼も夜も、絶えずあなたのことを呪います」

震える声でそう言った後、ファティマ様は胸元から何かを取り出した。

ブツブツとよく分からない呪文のようなものを唱え始めると、その何かは青白く不気味な光を放つ。

よく見ると、それはナセルに伝わる魔石のようだった。

愛されていると思っていた人に、保身のためにあっさりと裏切られたファティマ様。

彼女の『何度生まれ変わっても昼も夜も絶えず呪い続ける』という永遠の呪いが、その魔石に込められる。

呪いの魔石がナジルに投げられようとしたその時――彼女の足首を掴んで止めた者がいた。

それは、今にも息絶えそうなほどに弱ったイシャーク陛下だった。

「イシャーク陛下、おやめください！」

陛下の耳に届くよう、私は懸命に叫ぶ。

「陛下！　呪いをかける者に触れたら、呪いがイシャーク陛下のほうにかかってしまいます……！」

私の叫びも空しく、呪いの魔石から発せられた不気味な光は、ナジルではなくイシャーク陛下の体を包んだ。

陛下と私の視線が合った一瞬、陛下の瑠璃《るり》色の瞳が、私に最後の微笑みを向ける。

そこで力尽きた私の手は、手すりから滑って離れた。

（イシャーク陛下。あなたという方はなぜ……）

水面に向かって落ちていきながらも、私は心に決めていた。

私はイシャーク・アザルヤード皇帝陛下に忠誠を誓い、命を捧げた身。

ファティマ様のせいで、陛下が何度生まれ変わっても呪われる運命であるならば、私も必ず陛下と同じ世に生まれ変わってお側に参じよう。

今世で陛下をお守りできなかった分、来世では必ず、私が命をかけて陛下を守る。

（生まれ変わっても必ず、私は陛下のもとに参ります）

私の体は冷たい水に落ちる。そしてそのまま、静かに内海の底へと沈んでいった。

◇

冷たい水の中で、私は懸命に手を伸ばす。

（ナジル・サーダは、イシャーク陛下もファティマ様も、そして私も手にかけようとしたのよ）

足が攣《つ》って溺れかけたのをきっかけに、私は前世の記憶をすべて思い出した。

ナジルは私に毒を盛り、ファティマ様と謀《はか》ってイシャーク陛下を手にかけた。元々は弟皇子の処刑を確実なものにしてから陛下を刺すつもりだったのに、ファティマ様が先走ったことでその計画は狂った。

ナジルは愛するファティマ様をいとも簡単に裏切り、保身に走った。

(私は、ナジル・サーダと結ばれるために、前世の記憶を忘れずにいたんだと、ずっと勘違いしていたのね)

アディラとしての記憶を思い出したことで、はっきりした。

私は前世で湖に落ちる直前、ファティマ様がナジルにかけようとした呪いを、イシャーク陛下が代わりに受けるのを見た。

陛下をお守りすることが私の生きがいだったのに、私はナジルに嵌められ、忠誠を誓ったイシャーク陛下を助けることができなかった。

湖に落ちながら、私は心に誓ったのだ。

陛下が何度生まれ変わっても呪われる運命であるならば、私も必ず陛下と同じ世に生まれ変わって陛下をお守りしよう、と。

私が記憶を保持したまま生まれ変わったのは、ナジルと結ばれるためなんかじゃない。生まれ変わったイシャーク陛下を、呪いからお守りするためだったのだ。

そしてイシャーク・アザルヤード皇帝陛下は今世に生まれ変わり、アザリムの第一皇子アーキル・アル＝ラシードとなった。

あの時、ファティマ様の呪いを受けて、夜も昼も眠れなくなってしまったアーキル。

私が今世で守るべきは、ナジルの生まれ変わりのカシム・タッバールなんかじゃない。初めから、アーキル・アル＝ラシードだったんだ。

やっとのことで水面に顔を出し、私は思い切り息を吸う。

アーキルとファイルーズ様の乗っている船は、まだ遠い。この足で泳いで、あそこまでたどり着けるだろうか。

そう思った瞬間、私の体が何かに押されて浮き上がった。

「……きゃあっ！　何？」

『随分と間抜けなことをしているじゃないか』

「ルサード！　ルサードじゃないの！　助けに来てくれたのね」

『このまま船まで行こう、リズワナ！』

第五章　神話の結末

水の中から現れたルサードの背中に乗り、私たちは船に向かった。

「ルサード！　ところでどうしてここに？」

『お前がアーキルの寝室の扉を開けたまま行っただろう？　寒さで目が覚めたんだ。扉を開けたら必ず閉めろと、俺は何度注意した？　もうそろそろいい加減に……』

「今はそんなことどうでもいいわ！　ちょうどいいところに来てくれてありがとう。私、前世の記憶を全部思い出した。アーキルが危ないの。早く船に行かなきゃ！」

そういうことなら、と言って、ルサードは速度を上げる。

私を背中にのせたルサードは、まるで神話に出てくる神のように、湖の水面を駆けていく。

(間に合って。ファイルーズ様がアーキルの命を奪う前に！)

まさか、アーキルがイシャーク陛下の生まれ変わりだったなんて。

そしてアーキルの不眠の呪いは、アディラが死んだあの夜に、陛下がナジルを守ろうとしてかかってしまったものだったなんて。

これで全部繋がった。

イシャーク陛下、ファティマ様、ナジル、そして私。

あの夜に戦った四人が、今世でも同じように船に集うことになる。

船の側まで来ると、私はルサードの背中から船壁に飛び移った。前世と違い、今の私は毒なんて飲んでいない。こんな船壁を登ることなど容易いことだ。あっと言う間に私とルサードは甲板まで上り切った。

冷たい水を振り払うように体を震わせたルサードの周りには、水しぶきが散った。

『誰もいないじゃないか』

「少なくともアーキルとファイルーズ様はいるはずよ。それに、他にも何人か連れているって女官たちが言ってた」

『……女官か。アイツもそうなのか？』

「え？」

ルサードが見た先に目をやると、そこにいたのは侍女服に身を包んだザフラお姉様だった。初めて見る白獅子《ホワイトライオン》姿のルサードに驚いたお姉様は、大口を開けて立ち尽くしている。

（そうだわ。ザフラお姉様は今、ファイルーズ様の侍女なんだった……！）

手に持っていた荷物を落とし、お姉様は今にも悲鳴を上げんばかりに震えている。

私はお姉様のもとに駆け寄って、両手で口をふさいだ。

「……んんっ!! ううんー!!」

「お姉様、ごめんなさい。今は大声を出さないでいただきたいんです」

「う！ んん！」

「大丈夫。ルサード《あれ》は決して人を襲ったりしません。手を離しますよ？」

少しずつ力を抜いて、お姉様の口から両手を離す。

お姉様はふうっと一呼吸し、ルサードを指差して私を厳しく睨《にら》みつけた。

「リズワナ⁉ なぜここにいるの？ あれは何？」

「お姉様。後からちゃんと説明します。今はアーキルを捜しているんです」

「そんなにびしょ濡れで、まさか雪の中をここまで泳いできたわけ？ あなた本当に体が弱いの……？」

「それも後からお話ししますから。とにかく急いでます。アーキルはどこに？」

「ファイルーズ様と、船首側の甲板にいらっしゃるわ。何かの儀式の準備をするから近寄らないように言われているの」

「船首のほうですね。ありがとうございます！」

お姉様に御礼を言って二、三歩踏み出し、すぐに立ち止まった。

（このままお姉様を一人にしたら危険かも）

「お姉様。少しの間、この子と一緒にいてくださいませんか？」

「……は!?　嫌よ、気味が悪い！　私は船室に籠るから、こんな恐ろしいものは早く連れていってちょうだい！」

「大丈夫。これは白獅子《ホワイトライオン》に見えますが、魔法で姿を変えているだけで、元は白猫のルサードです」

「ルサードって……あなたの飼ってる猫の？」

「ええ、そうです。ルサード！　お姉様をちゃんとお守りしてね！」

これからアーキルとファイルーズ様との間で、何が起こるか分からない。お姉様を危険な目に遭わせるわけにはいかない。

（たくさん意地悪もされたけど、私の大切な家族であることには変わりないもの）

ルサードとお姉様が共に船の階段を降りていくのを見届けて、私は再び船首のほうに向かった。

ファイルーズ様は、ファティマ様の生まれ変わり。

彼女に前世の記憶があるのかどうかは分からないが、もしも前世を覚えていたら、今世でカシムに協力しようなどと思わないはず。

だってファティマ様はナジル・サーダに恋心を利用された挙句、イシャーク陛下を弑《しい》した罪を一人で被らされた。それで自暴自棄《じぼうじき》になって、ナジルに呪いをかけようとしたのだから。

（イシャーク陛下がファティマ様の足首を掴んで止めたせいで、ナジルではなくイシャーク陛下のほうが呪われてしまったんだけど……）

今世でファティマ様は、ファイルーズ様として生まれ変わり、カシムと通じている。カシムから、アーキルを殺すように言われているはずだ。

「急がなきゃ！」

船首まで来ると、そこには儀式用の祭壇が整えられていた。

雪の降り続く中で目をこらすと、祭壇の向こうには、アーキルとファイルーズ様の姿が見える。

（まるであの時と一緒だわ）

船首の柱に身を隠しながら、私は少しずつ二人との距離を詰めていく。

湖の向こうのほう、岸の方角から、いくつかの小舟《ゴンドラ》がこちらに向かっているのが目に入る。早速カシムと騎士たちが追い付いてきている。

（早く……！　ファイルーズ様に気付かれないように側まで行きたいわ）

ファイルーズ様の手元は武器を持っているようには見えないが、どこかに短剣《ダガー》を隠し持っている可能性はある。下手に刺激してファイルーズ様が慌ててアーキルを刺したりしないよう、慎重に動かねばならない。前世では、私がイシャーク陛下に声をかけたばかりに、その隙をついてファティマ様が陛下を刺したのだから。

アーキルにかけられた不眠の呪いを解く方法は、二つあると聞いた。

一つは、アーキルを呪った本人がその呪いに込めた恨みを、代わりに晴らすこと。

そしてもう一つは、アーキルが前世で愛したという相手——それは、私のことらしい——が、側にいること。

アーキルの前世であるイシャーク陛下が、アディラ・シュルバジーのことを愛していたなんて、まったく気が付かなかった。

しかし、現に私が側にいたことで、アーキルの呪いはほとんど解けた状態になっている。

（でも、もしも私が先に死んでしまったらどうなる？）

私が側にいることが彼の呪いを解く条件なのであれば、私がいなくなれば再びアーキルが呪いに苦しむ可能性もある。

イシャーク陛下に呪いをかけたのは、ファティマ様だ。ファティマ様の恨みはそれすなわち、ファティマ様の恋心を弄《もてあそ》んだ上に罪をなすりつけたナジルに対する恨み。

ファティマ様の生まれ変わりであるファイルーズ様が自らカシムに復讐することで、解呪の二つ目の条件は満たされるのではないだろうか。そうすれば、アーキルの呪いは私が側にいなくても、完全に解ける。

(まずはアーキルとファイルーズ様を引き離したい。あの至近距離では、アーキルも不意の攻撃をかわし切れないわ)

様子をうかがうが、風にかき消されて二人の会話はほとんど聞こえない。

「……ルーズ?」

「…………私はあなた……さし……す」

「……めだ」

(刺し……? ファイルーズ様は、やっぱりアーキルを刺す気なのね!?)

思わず柱の陰から飛び出そうとしたその時、私の背後から長剣《サーベル》が空を切る音が響いた。

冷たい空気を切るシャンという音と共に、私は咄嗟《とっさ》に頭を低くしてしゃがみこむ。

すると、私が隠れていた柱にその長剣《サーベル》が勢いよく突き刺さった。

「誰なの!?」

見上げると、長剣《サーベル》を振ったのはカシム・タッバールだった。

(もう船に登ってきたのね!)

カシムと、その後ろには騎士が数人。

私がしゃがんだ姿勢から立ち上がるよりも先に、カシムはファイルーズ様に向かって叫んだ。

「ファイルーズ！　今だ！」

カシムの叫び声に、ファイルーズ様はハッとこちらを振り返る。

前世のあの日のファティマ様と同じ青ざめた顔で、ファイルーズ様は自分の胸元に手をやった。

と同時に、夜の闇と雪の向こうでファイルーズ様の手が動く。

きっと、胸元に短剣《ダガー》を隠し持っているんだ。

「……やめて！　刺さないで！」

私の声を聞いて、アーキルがファイルーズ様の剣を避けてくれたら——そう思って、私は必死に叫ぶ。

急いで体勢を立て直し、甲板の上に設けられた祭壇を飛び越えて、私はアーキルの体に手を伸ばした。

その間、ほんの一瞬。

しかし、私の動きは一歩遅かった。

私がアーキルの体を突き飛ばす前に、ファイルーズ様の持っていた短剣《ダガー》はアーキルの胸に吸いこまれていく。

私のすぐ目の前で剣を受けたアーキルは、甲板にうつ伏せで倒れこんだ。

咄嗟《とっさ》にファイルーズ様の利き腕を横から思い切り蹴《け》り上げると、彼女が手にしていた短剣《ダガー》が甲板に落ちて、船首の先の湖の中に滑り落ちて消えた。

「……アーキル‼」

右頬を甲板に付けるようにしてうつ伏せに倒れたアーキルの顔を覗きこむ。

いつもと変わらない瑠璃《るり》色の美しい瞳は、力なく私の顔をじっと見た。胸の傷から飛んだ血しぶきが顔にかかり、アーキルの褐色《かっしょく》の頬を伝っていく。

「アーキル、しっかりして！」

私の声に返事をするように、アーキルは何度か瞬きをしてみせた。

（大丈夫、まだ意識はある）

刺されたところの止血を……と思うのに、助けを求めて周りを見渡してもファイルーズ様とカシムの他は誰もいない。

今この瞬間が前世とそっくり同じなら、きっとあの短剣《ダガー》には毒が塗られていたはずだ。

最恐の女戦士と呼ばれた私、アディラ・シュルバジーの命さえも奪った強毒。止血だけではなく解毒処置もしなければ、アーキルの命はすぐに尽きてしまう。

（ザフラお姉様も船室に籠っているように言われたらしいし、ここには本当に誰も助けてくれる人はいないの……？）

アーキルの治療のために、早く船を岸に戻したい。しかしそのためには、まずはこの二人を片付けなければならないようだ。

私は自分の短剣《ダガー》を鞘《さや》から抜くと、ファイルーズ様の顔を見上げた。

「前世だけでなく今世まで、よくもアーキルを……！」

鞘《さや》を甲板に投げ捨て、短剣《ダガー》を握って立ち上がろうとした瞬間、私の服の裾をアーキルが思い切り掴んだ。

「……待て、リズワナ」

「アーキル!!　喋《しゃべ》らないで！　ファイルーズ様とカシムは、私に任せてください」

「駄目だ、リズワナ……ファイルーズには手を出すな」

「そんな、なぜ……？」

たった今、アーキルはファイルーズ様に刺されたばかり。

それなのになぜ、彼女を庇おうとするのだろう？

前世だってそうだった。

ファティマ様がナジルに呪いをかけようとしたところを、瀕死のイシャーク陛下はわざわざ最後の力を振り絞って制止した。

そのせいで自分が代わりに不眠の呪いを受けて、生まれ変わっても苦しんできた。

（なぜ、自分が犠牲になってまで人を助けようなんて思うの……？）

アーキルを刺された怒りと、そのアーキルがファイルーズ様を庇ったことに対する疑念が、心の中で渦《うず》を巻く。何もできない悔しさで、私の両目からは涙が溢れた。

力が抜けて床にへたりこんだ私の足をゆっくりと撫でながら、アーキルはその瑠璃《るり》色の瞳をファイルーズ様に向ける。

「……ファイルーズ」

「……殿……下……」

ファイルーズ様は怯《おび》えたように数歩下がると、意を決したようにカシムを振り返った。

カシムは、先ほど柱に突き刺さった長剣《サーベル》を抜き、ぶんぶんと振り回しながらこちらに近付いてくる。祭壇の前、私たちのいる場所から十歩ほどのところまで来て、馬鹿にしたように高笑いをした。

「ははっ！　今回は成功だな。先にラーミウの始末をしておいてよかったよ！」

（……今回は、成功？　この男は何を言っているの？）

「カシム！　私に殺されたくなければ、すぐに船を岸に戻しなさい！」

「リズワナ。君は僕に手を出せないよ。僕には皇家の印である獅子《ライオン》の痣《あざ》がある。アザルヤードの皇帝に忠誠を誓った君のことだ。皇帝の血を引く皇子を殺すことなんてできないよね？」

「なぜこんなことを……？　アーキルはあなたのことを、弟のようだと言って大切に思っていたのに！」

「それは残念だったね。僕は前世からずっと、アーキルを恨めしいと思っていたよ」

「だから、なぜなの？　前世であなたは自分の希望を叶えたはずでしょう？」

私の言葉を無視して、カシムは祭壇に腰をかける。

前世でナジル・サーダは『サードゥ・ナザリム＝アザルヤード』としてイシャーク陛下の後を継いだはずだ。自分の思い通りの地位を手に入れたのに、なぜ今世でもしつこくアーキルを恨み、帝位を狙うのか。

「ファイルーズ。そろそろ神官たちをここへ呼んで、僕の獅子《ライオン》の痣《あざ》を披露しよう」

カシムに言われて頷くと、ファイルーズ様は船室に通じる扉に歩いていく。

（今この場に神官が来たら、どうなるの？　カシムが次期皇帝として認められるなんて絶対に許せない）

手の甲で涙を拭い、私はアーキルの肩に手を置いた。

前世のあの日とは違って、アーキルの体は温かい。私を見つめる瑠璃《るり》色の瞳も、まだ生気に満ちている。

今すぐ後宮《ハレム》に戻って治療をすれば、助かるかもしれない。船を戻すことはできなくても、アーキルだけを後宮《ハレム》に連れて戻ることはできないだろうか。

アザルヤードの神の前で、カシムが神官から次期皇帝であると認められたとしても、アーキルが回復しさえすればそれは覆《くつがえ》るはずだ。

「……そうだわ、ルサードがいる」

船室にいるザフラお姉様のもとに、先ほど白獅子《ルサード》を置いてきた。私がこの船に来た時のようにルサードの背にアーキルを乗せて、湖の上を後宮《ハレム》まで走ってもらえば――

ファイルーズ様は船室の扉に手をかけて、中に続く階段を降りていく。

いつの間にか雪はやみ、東の空が白み始めている。

ルサードが白猫の姿に戻る前に、急がなければ。

ファイルーズ様が船室に消えたのを見届けて、カシムは祭壇に腰をかけたまま私とアーキルを見て顎《あご》を上げてニヤニヤと笑う。

（……駄目だわ。今アーキルの側を離れたら、カシムが何をするか分からない。私がルサードを探しに行っている間に、アーキルにとどめを刺すかも）

カシムは、アザリムの悪習を逆手に取ったのだ。

アザリムでは、皇位を継がない皇子は命を奪われる運命。

力を持つ皇子が皇帝になるべきだという考えから、皇子同士で殺し合うことは認められている。

カシムが皇家の血を引く皇子であることを証明さえできれば、アーキルを手にかけたとしても罪に問われることはない。

アーキルを亡き者にすることはすなわち、カシムのほうが力を持っているという証となる。カシムより皇位継承順位が高い皇子が他にいなければ、アーキルの次にカシムが皇位につくことになる。

だからカシムはナジル・サーダがそうしたのと同じように、先にラーミウ殿下の失脚を狙ったのだろう。

アーキルの命を奪ったところで、ラーミウ殿下がいらっしゃればカシムの皇位継承順位はラーミウ殿下の次になる。

前世では兄弟皇子たちへの沙汰が下る前に、ファティマ様が先走ってイシャーク陛下を刺した。今回はそうならないように先手を打ったのだ。今の父親であるニザーム・タッバール宰相の力を利用して。

「卑怯な手を……」

唇を噛んだ私の隣で、アーキルがもう一度私のドレスの裾をそっと引く。アーキルの指が触れた部分から、彼の血を吸ってドレスは赤黒く染まっていった。

アーキルの瑠璃《るり》色の瞳は、真っすぐに私を見つめている。

しばらくするとアーキルは、カシムに表情を見られないようにこっそりと、歯を見せてニヤリと笑った。

（え？　……アーキル？）

私はアーキルの手を握り、ぐっと力を入れる。

アーキルも私に合図を返すように、力強く私の手を握り返した。毒の塗られた剣で刺されたとは思えないほどの、しっかりとした力だ。

(どういうこと？　アーキル、まさか……)

「カシム、神官たちをお呼びしたわ」

ガチャンという音がして、ファイルーズ様が船室へ続く扉を大きく開く。

中からは数名の神官と、それに続いてファイルーズ様の侍女たちがぞろぞろと甲板にやってきた。最後に甲板に登ったザフラお姉様は倒れたアーキルを見て、小さく悲鳴を上げる。

「これは……アーキル殿下!!」

「カシム、アーキル殿下はどうなされたのだ！」

狼狽《うろた》える神官や侍女たちにニヤリと笑うと、カシムは上衣を脱いで宙に投げた。

「神官たちよ。僕はカシム・タッバールを名乗っていたが、本当は皇帝陛下の血を引く皇子だ。この獅子《ライオン》の痣《あざ》がその証拠！」

カシムが祭壇に置かれたランプに火を灯すと、上半身裸になった彼の右胸に獅子《ライオン》の痣《あざ》が不気味に光った。

「第一皇子アーキルは、毒を塗った剣で傷を負った。もう長くはないだろう！」

「おお……！　その痣《あざ》は、皇帝陛下の直系にしか現れない、皇子の証！」

「なんと！　それでまさか、あなた様はアーキル殿下を⁉」

「あれだけの出血……さすがにもう助かるまい……」

目を丸くして驚く神官たちの隣で、ファイルーズ様は相変わらず青白い顔で立ち尽くしている。

カシムは祭壇の上に大股を広げて座ったまま、甲板に響き渡る大声で続けた。

「そうだ！　僕がアーキルを手にかけたんだ！　身分を隠し、宰相の養子として育ったが、この痣《あざ》が皇子である証。さあ、神官よ。アザルヤードの神々の前で、僕こそが次期皇帝であることを宣言してくれ！」

「しかし、それは……確かにその獅子《ライオン》の痣《あざ》は皇子の証ですが、ラーミウ殿下がいらっしゃいます。ここであなた様をすぐに次期皇帝と認めるわけには参りません」

「それに、アーキル殿下はまだ……」

神官たちは口々に不安を吐露しながら、アーキルを一瞥《いちべつ》した。

彼らのいる場所からは、アーキルの背中と後頭部しか見えない。甲板に流れる血の海にアーキルが命尽きる寸前であることは察しているだろうが、生きているか死んでいるかを確認しないままカシムの皇位継承を宣言するのは憚《はばか》られるのだろう。

しかし、祭壇に座ったカシムが長剣《サーベル》を振り回しているので、神官たちはアーキルの側に寄ることもできない。

「毒を塗った短剣《ダガー》で刺したんだから、もう長くは持たない。あの血だまりを見ろ。ここで息絶えるのを待って、そのまま湖に捨てるさ」

そこまで言って、カシムはファイルーズ様に手を伸ばした。

隣に来るように促されたファイルーズ様は、一歩一歩カシムのもとに近付いていく。

もうすぐ夜明けだ。白み始めた東の空の光が、ファイルーズ様の髪飾りの魔石に反射してぼんやりと光った。

「……それに、皆が気にしているラーミウのことだが、すでに皇帝陛下から処刑の指示が出ている。ラーミウが禁忌を破ったからだ」

左腕をファイルーズ様の肩に回しながら、カシムは言う。

彼の右手には鞘《さや》から抜いたままの長剣《サーベル》が握られていて、まるでファイルーズ様を人質に取ったかのような体勢だ。

私は少し身をかがめて、アーキルの耳元に顔を近付けた。

「アーキル……」

「もう少し待て。ラーミウの無実を証明してからだ」

「分かりました」

夜の闇に紛れて誰も気が付かなかったのだろうが、アーキルは刺されてなんかいなかった。きっとファイルーズ様が刺したのは、アーキルが懐に忍ばせていた、動物の血を入れた皮袋か何かだったのだろう。

その証拠に、アーキルの側に広がる血はすでに赤黒く変色している。明るい場所で見れば、古い血であることがすぐに分かるだろう。

（夜が明けきる前に、決着をつけなければ）

ファイルーズに手を出すな、とアーキルは私に言った。

つまり、私の勘が正しければ、ファイルーズ様はアーキルと示し合わせて、アーキルを刺したフリをしたということになる。

「カシム殿……いや、カシム皇子。私たち神官としては、神々の前で誤った宣言はしたくありません。獅子《ライオン》の痣《あざ》が本物かどうか確かめさせてくださいませんか」

神官は恐る恐るカシムに問う。

カシムは長剣《サーベル》を振り上げ、神官に刃先を向けた。シャン！　という空を斬る音の後しばらくして、ニヤリと笑って長剣《サーベル》を下ろした。

「僕を偽物だと思っているのか？　それなら側に来て確かめればいい」

カシムはファイルーズ様の肩から腕を下ろすと、神官たちに向かって大きく両手を広げた。その隙にファイルーズ様は、少し後ろに下がる。

神官たちは恐る恐るカシムに近寄ると、目を細め、痣《あざ》が本物かどうか調べ始めた。

色、形、痣《あざ》の発現する場所。いずれをとっても本物の獅子《ライオン》の痣《あざ》のように見えるようで、神官たちはお互いに顔を見合わせて頷いた。

やがて、カシムの痣《あざ》が本物であるという結論に行きついた神官たちは、祭壇に置かれたランプを手に取った。

「アザルヤードの山々よ、ここにいるカシム・タッバールを次期皇帝と認め……」

ランプを山々に向けて掲げ、神官たちがカシムに次の皇帝になる資格があると宣言しようとした、その時。

「お待ちなさい！」

ランプを持った神官の手が叩かれ、ガシャンという金属音と共にランプは甲板に転がった。

神官の手からランプを叩き落としたのは、ファイルーズ様だった。いつぞや後宮《ハレム》の一室で水瓶《みずがめ》を床に打ち付けて割った時のように、ファイルーズ様は神官とカシムを睨《にら》みつける。

「カシム・タッバールの皇位継承など認めてはなりません！」

落としたランプを拾うこともできず、神官たちはファイルーズ様の勢いに押されて視線をうろうろさせた。

カシムは口元をひくつかせながら、もう一度祭壇に音を立てて座る。

「ファイルーズ、やめろ」

「カシムは私を利用して、アーキル殿下を手にかけようとしました。それに、ラーミウ殿下が兄の妃である私の部屋を訪れるという禁忌を犯したのも、カシムと私がラーミウ殿下を唆《そそのか》し、自ら部屋に招き入れたからです」

カシムの右手に握られた長剣《サーベル》が、小さく音を立てる。これ以上何か言えば、ファイルーズ様を斬る気だ。

しかし、それでもファイルーズ様はためらいなく言葉を続けた。

「神官たちよ、聞いてください！　カシムは皇位を狙い、ラーミウ殿下を陥れ、アーキル殿下の命を奪おうとしたのです！」

「ファイルーズ！　何を言うんだ！」

「もうやめましょう、カシム。前世だかなんだか知りませんが、皇子殿下のお命を奪うなんて許されることではありません。それにあなたは偽物の……」

カシムは左手で思い切りファイルーズ様の胸ぐらを掴んだ。

「ラーミウを陥れようとなんて、僕はしていない！」

「カシム……」

「僕はあの夜、部屋で一人寝こんでいた。調べてもらえば分かる。ラーミウは自分の意志で禁忌を犯し、ファイルーズの部屋に行ったんだ！」

興奮したカシムの腕に力が入ったのか、ファイルーズ様は苦しそうに顔を歪《ゆが》めた。

ラーミウ殿下がファイルーズ様の部屋を訪れた夜。

あの夜は確かに、私が図書館でカシムを殴って気絶させ、彼は朝まで寝こんでいた。宦官《かんがん》たちにカシムの世話を頼んだのは私だ。その宦官《かんがん》たちを呼んで話を聞けば、カシムがあの夜に動けない状態だったことは証明できる。

ラーミウ殿下が自ら禁忌を犯したのではないという主張は、今のところファイルーズ様一人の証言でしかない。

（誰か他にその時のことを見たという人でも現れれば、神官たちも信じてくれるかもしれないのに……）

あの夜、アーキルと私は寝室にいたし、女官長ダーニャや私を寝室に呼びに来た宦《かん》官《がん》も、後から駆け付けただけでその場を見ていない。あくまでファイルーズ様の悲鳴を聞いて、駆け付けただけなのだ。

動くに動けない神官たちの前で、ファイルーズ様は胸ぐらを掴まれたままガタガタと震えている。

そこで口を開いたのは意外にも、侍女たちの端っこに突っ立っていた、ザフラお姉様だった。

「……それ、本当ですよ」

緊迫した空気も気にせず、お姉様はずいずいと神官の前に進み出る。

「ファイルーズ様の話は真実です。あの夜、見回りの者が誰もいなかったのをいいことに、私はこっそりアーキル殿下の部屋に行こうとしたんです。その途中で、ファイルーズ様がラーミウ殿下を呼び止めて一緒に部屋に入っていくのを見ました」

「ザフラお姉様……!?」

その場にいた全員がポカンと口を開けた。

どこからつっこめばいいのか分からない内容だが、とりあえずお姉様はその場を目撃していた貴重な人物らしい。

誰も何も言わないのをいいことに、お姉様はまくし立てるように続ける。

「後宮《ハレム》の人の出入りや警備は、すべてカシム様が取り仕切ってるじゃないですか。あの夜に不自然なほど見回りがいなかったのも、カシム様の命令以外にはあり得ません。ファイルーズ様と事前に申し合わせた上で夜の見回りを外し、人目のない場所でファイルーズ様がラーミウ殿下を招き入れる手筈だったんじゃないですか？　白々しい嘘はやめたほうがいいですよ！」

すべて言い切ると、お姉様はカシムとファイルーズ様に向かって得意気にフンと鼻を鳴らした。

さすが田舎でちやほやされて育ったお姉様は、怖いものなしだ。

ファイルーズ様によって、もう少しで後宮《ハレム》から出されて小間使いにされるところだったお姉様。ファイルーズ様に遺恨があって、彼女の罪を暴きたいと考えているのかもしれない。

しかし、今そんなことをするのはとてもまずい。ここでのザフラお姉様は街一番の豪商の娘ではなく、後宮《ハレム》で働くただの侍女の一人なのだ。

私の予想通り、お姉様はカシムの怒りを買ったらしい。カシムはファイルーズ様を甲板の上に突き飛ばすと、お姉様のほうに大股で進んでいく。

「いい加減なことを言うな！　お前も殺してやる！」

「いや、だって……事実だし!!」

カシムが長剣《サーベル》を振り上げる。

ザフラお姉様が両腕を上げて身をすくめたところに、カシムは容赦なく長剣《サーベル》を振り下ろした。

(危ない――――！)

短剣《ダガー》を握りしめて、私はお姉様のもとに走る。ギリギリのところで長剣《サーベル》の刃を短剣《ダガー》で受けると、カシムの腹を蹴《け》って思い切り突き飛ばした。

カシムが連れてきた騎士たちは、私の行動を見るやいなや、離れた場所からこちらに走ってくる。

騎士たちが来る前にカシムにもう一撃くらわせようと間髪を容れず立ち上がった私を、神官たちが慌てて止めた。

「危ない！　放して！」

「おやめください！　まだカシム様が皇子になる可能性も残っています！」

「そんな可能性はないわ！　手を放してください！」

「いや、しかし獅子《ライオン》の痣《あざ》は本物で……」

神官と揉み合っている間にカシムは長剣《サーベル》を持って立ち上がり、口の端から流れる血を手で拭う。

「リズワナ……いや、アディラ！　この死に損ないめ！」

カシム一人なら、私の敵ではなかった。

しかしカシムの連れてきた騎士たちも背後から私に剣を向け、傍らには神官とザフラお姉様がいる。

（だから間を置かずこちらから攻めるべきだったのに！　皆を守りながら、短剣《ダガー》一本で受けるのは無理よ……！）

刺されることを覚悟して、私はお姉様を遠くへ突き飛ばした。

そしてその場に残った神官たちを庇うように腕を広げ、カシムの攻撃に背中を向ける。

斬られる、と思った瞬間、騎士たちとカシムの体は突然、鈍い音を立てて宙に浮いた。

（え？）

神官たちを庇ったまま後ろを振り返ると、そこには怒りの表情を浮かべたアーキルが立っていた。

ルサードが語ってくれたアザルヤードの神話には、続きがある。

ナーサミーンの山々を削ろうとした風神ハヤルと海神バハルに、山神ルサドは立ち向かった。しかし二神の力にはかなわず、山は削られ、崩れた砂は積もって砂漠となった。

瀕死の山神ルサドを助けようとして、削られて砂になったナーサミーンの山の向こうから現れたのは、巨大な白獅子《ホワイトライオン》。

白いたてがみに、雄々しくて立派な尾。

そしてその白獅子《ホワイトライオン》の瞳は、深い瑠璃《るり》色だった。

その巨大な白獅子《ホワイトライオン》は、名を大神アラシードと言った。

「アラシード……アーキル・アル＝ラシード？」

危険な状況を一瞬忘れ、私の口からアーキルの名がこぼれ出る。

大神アラシードの化身ではないかと思えるほどに、その場に立つアーキルの姿は威厳に満ち、堂々として美しかった。

（アーキルが大神アラシードなら、風神も海神も彼の敵じゃないわ）

その場になぎ倒した騎士たちから長剣《サーベル》を奪うと、アーキルはそれを両手に一本ずつ持って構えた。アーキルの視界に入った者たちは、その瑠璃《るり》色の瞳から発せられる鋭い光に射貫かれて、一瞬で恐怖に凍り付く。

カシムも神官たちも、アーキルはファイルーズ様に刺されたと勘違いしていたはずだ。獣《けもの》の血で真っ赤に染まった長衣《カフタン》を着て、牙のように二本の長剣《サーベル》を構えたアーキルの姿を見て、カシムも神官も腰を抜かした。

「アッ、アーキル……！　お前、毒剣で刺されたのでは⁉」

「ファイルーズに刺されたフリをして、お前の所業が暴かれるまで息をひそめていただけだ」

「……ひっ、卑怯だぞ！　死んだフリをするなんて！」

「笑い話はよせ。お前に卑怯と言われる筋合いはないぞ」

苦笑しながらそう言ったアーキルの視線は、カシムから外され、ゆっくりと神官に移る。

アーキルの生死を確かめずカシムの皇位継承権を認めようとしていた彼らは、怯《おび》えて後ずさった。

「神官たちよ。俺はまだこうして生きている。そこにいるザフラの証言のおかげでラーミウへの疑念も晴れた。次は、カシムの罪を裁く番だな?」

「……アーキル殿下!! ご無事で何よりでございます! しかし皇子が兄弟皇子に戦いを仕かけることは、正式に認められておりまして……」

「カシムが本物の皇子だったら、の話だろう?」

アーキルの目配せに、アーキルの後方にいたファイルーズ様が頷いた。ガタガタと震えるカシムを真っすぐに見つめ、ファイルーズ様は口を開く。

「カシム、あなたは偽物の皇子。私が証明しましょう」

「ファイルーズ……」

ファイルーズ様は、ご自分の銀髪に付けられた髪飾りを手にすると、それをスッと髪から引き抜いた。その髪飾りには、ナセルのものだと思われる魔石が施されている。思い切り腕を振り上げて、ファイルーズ様は髪飾りを甲板に打ち付ける。

魔石は乾いた音を立て、その場に粉々に砕け散った。

「ファイルーズ……! またしても裏切ったな!!」

上半身裸のままで腰を抜かしたカシムは、唾《つば》を飛ばしながらファイルーズ様に向かって叫ぶ。

アザルヤードの山の陰から昇った陽光が、甲板に差しこんだ。すっかり明るくなり、皆の見ている真ん前で、カシムの胸からすっと獅子《ライオン》の痣《あざ》が消えていく。

「カシム殿下……？　に、偽物ですと⁉」

「魔石を使って、獅子《ライオン》の痣《あざ》を作り出していたというのか？」

騒ぐ神官たちを無視して、アーキルはカシムに長剣《サーベル》の切っ先を向けた。

カシムが皇子の名を騙った偽物だと分かったら、カシムの味方をする者はもう誰もいない。アーキルになぎ倒された騎士たちも言葉を失い、カシムを助けようと立ち上がる者は一人もいなかった。

「ようやく、終わったのね」

「ああ、リズワナ。お前のおかげだ」

「アーキル……」

カシムは捕らえられ、岸に向かう小舟《ゴンドラ》に乗せられる。

後宮《ハレム》に戻り、裁かれた後、彼を待つのは牢での暮らしだろう。

そしてそれは、ファイルーズ様も同じだ。

(最後はアーキルに付いたとはいえ、皇子を偽《いつわ》るために獅子《ライオン》の痣《あざ》を生み出す魔法を使うとは……ファイルーズ様の罪も相当重いわ)

そのことが分かっているのか、カシムの背中を見つめるファイルーズ様の瞳は潤んでいた。

◇

「アーキル、今回の一件に関わった者たちを全員許すのですか？」

宮殿の小舟《ゴンドラ》に乗りながら、私は驚いて身を起こす。

「ああ」

「本当に全員？　カシムも、ファイルーズ様も、カシムの父親も？」

「そうだ。何かおかしいか？」

「これまでのアザリムなら、海に沈めてもおかしくない程の罪です」

「リズワナは、そうしたほうがいいと思うのか？」

「え？　それは……」

湖の船上での一件の後、捕らえられたカシムとファイルーズ様は詳しく取り調べられた。

ファイルーズ様は元々ナセルの王女だったが、王族には珍しく魔法が使えなかった。

だからなのか、ナセル王家に伝わる唯一無二の強力な魔石を与えられたらしい。

船の上でファイルーズ様が割ったのが、その魔石。つまり、アザリム皇家に伝承される獅子《ライオン》の痣《あざ》を作り出せるほどの魔石は、もう存在しない。

(皇子になりすますことができる魔法なんて、あってはならないものね。一安心だわ……)

だからと言ってファイルーズ様の罪が軽くなるわけではない。しかしアーキルはこの一件を上手く使って、ナセルが今後もアザリムに反乱を起こすことのないよう改めて釘を刺し、ナセルに恩を売ったようだ。

自室にて謹慎を命じられていたラーミウ殿下はというと、ザフラお姉様の勇気ある証言のおかげもあり、殿下自ら禁忌を犯したのではないことが認められた。

晴れて謹慎を解かれることになったラーミウ殿下は、以前の元気を取り戻し、今日も後宮《ハレム》の庭園で元気に走り回っている。

いつも傍にいたファイルーズ様やカシムがいなくなった理由は、ラーミウ殿下がもう少し大きくなってから、アーキルが説明することになるだろう。

アーキルは、本心ではずっとラーミウ殿下と一緒に眠ってみたかったんだと思う。先日、雷が鳴った夜に、ラーミウ殿下を自分の寝室に呼んで添い寝をしてあげたようだ。

私やルサードがいなくても眠れるのだろうかと不安はあったが、なんとか二人だけで朝まで眠ることができたらしい。

不眠の呪いは完全に解けた……ということで、いいのだろうか？

そして、すべての元凶カシム・タッバールについて。

彼は今、牢の中で死を覚悟している。アーキルが彼を許すつもりであることは、まだ彼には伝わっていないから。

ナジル・サーダは、前世の私――アディラ・シュルバジーの恋心を利用して、最後はアディラに毒を盛った。カシムは、リズワナ・ハイヤートとして生まれ変わった私にはっきりとした記憶がなかったのをいいことに、今世でも私の恋心を利用しようとしたのだろう。

恋心というあいまいなものを信じて、それに頼りきったカシムの策が上手くいくわけがない。実際、私は今世で、カシムではなくアーキルに惹かれてしまった。

もしかしたらナジル・サーダの胸にあった痣《あざ》も、偽物だったのかもしれない。今となってはもう、それを確かめる術《すべ》はないけれど。

「それはそうと、アーキル。私はもう船酔いで限界です……」

「こんな小舟《ゴンドラ》で酔うとは。船酔いは、お前の前世からの呪いだな」

「そうかもしれません。船には何一ついい思い出がありませんから」

「ではこうしよう。四つ目の願いは、お前の船酔いを直すこと」

「……アーキル。ランプの魔人への願いは、三つまでです」

「そうか。それは残念だ。そんな落ちこぼれの魔人なら、今すぐに辞めてしまえばいい」

「ランプの魔人って辞められるんですか？」

「お前が後宮《ハレム》に残るというなら、いつでも魔人なんて辞められるんじゃないか？」

アーキルは小舟《ゴンドラ》の上で私を横にして膝枕をすると、意地悪そうな笑みで私の顔を見下ろす。

「そもそも、リズワナが本物の魔人じゃないことくらい、初めから知っている」

「……………は!?」

「力は強くても、頭のほうはイマイチのようだな。お前がランプの魔人だなんて、誰がそんな阿呆な話を信じると思う？」

「嘘でしょ……？」

「リズワナ・ハイヤート。バラシュの商人、バッカール・ハイヤートの第四夫人の娘。俺はこの国の皇子だぞ。お前の素性を調べることなど造作もない。バラシュから連れてきたザフラは、お前の姉なんだろう？」

「全部知っていて黙っていたなんて、ひどいです」

確かに、もう最後のほうはランプの魔人らしく取り繕うのも忘れ、船の上でも「ザフラお姉様！」と口に出して呼んでいた気がする。

三つ目の願いで『後宮《ハレム》を出ていけ』なんてアーキルが言うものだから、私のことは人間としては見てくれていないんだと思いこんでいた。

(じゃあ、結局アーキルは私のことをどう思っているんだろう?)

小舟《ゴンドラ》の縁に頬杖をついて景色を眺めるアーキルを、彼の膝の上から見上げる。

アーキルはカシムのこともファイルーズ様のことも許すと言ったが、実を言うと私もアーキルがそうすると思っていた。

図書館で読んだアザリムの古い神話には、ルサードからも聞いたことのない結末が書かれていた。

風神と海神から山神ルサドを助けようと現れた大神アラシードは、風神と海神の罪を許し、共にこの地で生きていこうと言ったのだ。

アザリムの美しい山々、豊かな海や湖、そして砂漠を越えた人々の交流を助ける季節風が今も残っているのは、大神アラシードが彼らに許しを与えたおかげなのかもしれない。

アラシードという響きは、どことなくアーキル・アル=ラシードの名に似ている。だからアーキルも大神アラシードと同じように、カシムやファイルーズ様の罪を許すんじゃないかと思ったのだ。

それともう一つ、気付いたことがある。

前世でイシャーク・アザルヤード皇帝陛下の後を継いだ人物のことだ。

図書館にあった皇統図では、イシャーク陛下の次の皇帝は「サードゥ・ナザリム＝アザルヤード」とあった。私はてっきりそれを、ナジル・サーダのことだと早合点したのだが、もしかしてあれば、ルサードなのではないだろうか。

（サードゥと、ルサード。こっちのほうが似ているのに、なぜ私は気が付かなかったんだろう）

今世では白猫に生まれ変わっているが、ルサードの前世は、イシャーク陛下のおかげで命を救われた兄弟皇子の一人。

……だったらいいな、と思っている。

ルサードは前世の記憶なんて持っていないみたいだが、アーキルを救うために今世に生まれ変わり、私と彼を引き合わせたんじゃないだろうか。

そんな私の気持ちを知ってか知らずか、ルサードはポカポカとした日差しの下で呑《のん》気《き》にあくびをしている。

「アーキル。ところで今から、どこに行くんですか？」

「……船酔いがひどくなるぞ。黙っていろ」

水路を抜けて後宮《ハレム》を出た私たちは、城壁の外で小舟《ゴンドラ》を降りた。

するとそこには馬車が準備されていて、側には異国の服に身を包んだファイルーズ様が立っていた。

「私はナセルを追い出された身だから祖国には戻れないけれど、アーキル殿下のはからいで南洋の島国に行くことになったの。その国の王に嫁ぐことに……」

銀髪を風になびかせながら、ファイルーズ様は微笑んだ。

「え？　嫁ぐって……どういうことですか⁉」

あまりに驚いて、先ほどまでの船酔いが吹っ飛んだ。

ファイルーズ様はアーキルの第一妃だったはず。それを他国に嫁がせるとは。

驚く私の肩を抱き、アーキルはニヤリと笑った。

「俺はファイルーズを許すと言ったが、タダで許すわけがないだろう？　ファイルーズが嫁ぐ島国は、まだまだアザリムに対する忠誠心が足りない新興国だ。ファイルーズが嫁ぐことで、国同士の要らぬ争いを避けたいと思っている」

「私にできることなら、お役に立ちたいと思っております」

ファイルーズ様は目を伏せて軽く礼をする。

私もカシムも前世の記憶を持っていたが、ファイルーズ様にはそれがない。ナセルの王女に生まれ、自分だけが魔力を持たない存在として蔑《さげす》まれ、その上で半ば人質のようにアザリムのアーキルのもとに嫁いできた。

親子の愛も兄弟姉妹との絆も、ファイルーズ様は知らなかった。その上、夫となったアーキルからも愛は与えられない。

ファイルーズ様の唯一の癒《いや》しは、素直に彼女を慕うラーミウ殿下だったのだろう。

カシムと共謀し、そんな大切な存在であるラーミウ殿下を陥れようとした罪は許されることではない。しかしファイルーズ様は最終的にアーキルに付き、ご自分の恋を諦めて正義を取った。

アーキルの呪いのせいで冷遇されたファイルーズ様に優しく近付いた相手が、あのカシム・タッバールだったのだと思うと……どうしても憎めないし憐れに思う。

「ファイルーズ様。新たな場所で、新たな愛が見つかるといいですね」

「ありがとう、リズワナ。アーキル殿下とカシムのこと、よろしくお願いします」

旅立つファイルーズ様の馬車の影が見えなくなるまで、私とアーキルはその場で見送った。

「第一妃なのに、ファイルーズ様は行ってしまわれましたね」

「そうだな。第一妃に裏切られた可哀そうな皇子のために、もちろんお前は後宮《ハレム》に残ってくれるんだろう？」

「自分で自分を可哀そうなんて……そうですね。私に後宮《ハレム》を出ていけと仰《おっしゃ》ったのはアーキルですが、それを撤回なさるというなら」

私はまだ、アーキルの気持ちをはっきりと聞いていない。なんならアーキルの前世、イシャーク陛下がアディラのことを愛していたことだって、まだ腑に落ちていないのだ。

だからもう少しアーキルの側にいて、アーキルやイシャーク陛下の気持ちを理解したいと思っている。何より、この冷徹皇子が呪いから解放されて心穏やかに過ごす姿を近くで見守っていたい。

「リズワナ。俺がお前に『後宮《ハレム》を出ていけ』と言った時、もう一つ付け加えたのを忘れたのか？」

「……え？　なんだったでしょう？　不眠の呪いが解けたから、もう私のことが用済みになったのかなと思っていました」

「用済みなものか。俺は『お前はお前の愛する者のところに行け』と言ったはずだ」

「……ん？」

「後宮《ハレム》を出てもいいと言ったのに、わざわざまたハレム後宮《ハレム》の俺のもとに戻ってくるとは。よほどお前は俺のことを愛していると見える」

アーキルは高笑いをしながら小舟《ゴンドラ》のほうに向かっていく。

（……呆れた！　この自信満々な態度、確かにアーキルはイシャーク陛下の生まれ変わりで間違いないわ！）

この男は、私がもうナジル・サーダではなくアーキルに惹かれていることを分かっていたのだ。ああして後宮《ハレム》を出ていけと突き放しても、私が絶対にアーキルのもとを離れないと確信していたに違いない。

この分だと、私がアーキルのことを心配して船に駆けつけ、ついでにカシムを連れてくることまで、すべてお見通しだったのだろうか。

「すべてアーキルの筋書き通りだったってことね……」

なんだかとても悔しいが、やっぱり私は彼の瑠璃《るり》色の瞳に弱い。

よくよく思い出すと、あのイシャーク陛下の瞳の色も、瑠璃《るり》色だったじゃないか。

前世でも今世でも、私はアーキルに上手く使われてしまう運命なのかもしれない。

私は先に乗りこんだアーキルの手を取って、宮殿に戻るための小舟《ゴンドラ》に飛び乗る。

「アーキルは前世で私のことを愛していたと仰《おっしゃ》いましたが、私はまったくそのお気持ちに気が付きませんでした。恋心に気が付いてもらえないなんて、イシャーク陛下はお可哀そうな方です。だから、今世くらいはあなたの側にいて差し上げます」

「そうか。そうと決まれば、早速今日からいろいろと学んでもらおう。力だけ強くても後宮《ハレム》では生き残れない。もう少し、頭のほうも賢くなってもらわねば困る」

「お勉強……ですか⁉　兵法や戦術ならいくらでも知ってますけど」

アーキルは呆れたように肩をすくめる。

ほんの数か月前までは、まさか自分が都に来ることになるとは思ってもみなかった。アーキルがバラシュの街を訪れて、ルサードがアーキルの天幕に迷いこんで、私がそこでアーキルと出会って。

それがまさか前世のイシャーク・アザルヤード皇帝陛下との再会だったなんて、まさに運命としか思えない。

私に前世の記憶があった理由が、アーキルの命をカシムから守るためだったのだとしたら、もう私の役目は終わったのかもしれない。

それでもやっぱり、私はアーキルの側にいたい。

小舟《ゴンドラ》に揺られながら、私はもう一度アーキルの膝に頭を乗せた。

腰に下げた短剣《ダガー》の琥珀《こはく》の魔石が、アザリムの太陽を浴びてキラリと美しく輝いた。

この剣で、後宮の闇を暴いてみせる。

刀術の道場を営む家に生まれた朱鈴苺《しゅりんめい》は、幼いころから剣の鍛錬に励んできた。ある日、「徳妃・林蘭玉《りんらんぎょく》の専属武官として仕えよ」と勅命が下る。しかも、なぜか男装して宦官として振舞わなければならないという。疑問に思っていた鈴苺だったが、幼馴染の皇帝・劉銀《りゅうぎん》から、近ごろ後宮を騒がせている女官行方不明事件の真相を追うために力を貸してくれと頼まれる。密命を受けた鈴苺は、林徳妃をはじめとした四夫人と交流を深める裏で、事件の真相を探りはじめるが——

定価:770円(10%税込み)　ISBN :978-4-434-35142-6

イラスト:沙月

この作品に対する皆様のご意見・ご感想をお待ちしております。

おハガキ・お手紙は以下の宛先にお送りください。

【宛先】

〒 150-6019 東京都渋谷区恵比寿 4-20-3 恵比寿ｶﾞｰﾃﾞﾝﾌﾟﾚｲｽﾀﾜｰ 19F
（株）アルファポリス　書籍感想係

メールフォームでのご意見・ご感想は右のＱＲコードから、
あるいは以下のワードで検索をかけてください。

アルファポリス　書籍の感想　検索

ご感想はこちらから

アルファポリス文庫

砂漠《さばく》の国《くに》の最恐姫《さいきょうひめ》
アラビアン後宮《こうきゅう》の仮寵姫《かりちょうき》と眠《ねむ》れぬ冷徹皇子《れいてつおうじ》

秦 朱音（はた あかね）

2025年 1月 31日初版発行

編　集－星川ちひろ
編集長－倉持真理
発行者－梶本雄介
発行所－株式会社アルファポリス
〒150-6019 東京都渋谷区恵比寿4-20-3 恵比寿ｶﾞｰﾃﾞﾝﾌﾟﾚｲｽﾀﾜｰ19F
TEL 03-6277-1601（営業）　03-6277-1602（編集）
URL https://www.alphapolis.co.jp/
発売元－株式会社星雲社（共同出版社・流通責任出版社）
〒112-0005 東京都文京区水道1-3-30
TEL 03-3868-3275
装丁イラスト－雲屋ゆきお
装丁デザイン－木下佑紀乃＋ベイブリッジ・スタジオ
印刷－中央精版印刷株式会社

価格はカバーに表示されてあります。

落丁乱丁の場合はアルファポリスまでご連絡ください。

送料は小社負担でお取り替えします。


ISBN978-4-434-34833-4 C0193